河出文庫

闘争領域の拡大

ミシェル・ウエルベック
中村佳子 訳

河出書房新社

闘争領域の拡大　目次

闘争領域の拡大

第1部

1

夜はふけた。日が近づいて来ている。それゆえに私たちは闇の業を脱ぎ捨てようではないか。そして光の武具を身につけようではないか。
（ローマ人への手紙　第十三章の十二）

金曜、夜、僕は同僚宅で催されたパーティにいた。客は三十人ほど。みんな二十五歳から四十歳までの中堅社員だった。馬鹿女がいて、ある時、いきなり服を脱ぎだした。Tシャツを脱ぎ、ブラジャーを取り、スカートを脱いだ。とにかく、ひどくもったいぶる。パンティ一枚になってもまだ数秒間くねくねと体を動かし、それから、脱いだ服を着はじめた。ほかにすることが思い浮かばないのだ。そもそもセックスなんてしない娘だ。それが行動の馬鹿らしさを際立たせている。

ウォッカを四杯やり、かなり気分が悪くなってきた。やむをえずソファーの後ろのクッション溜《だ》まりに行き、横になった。程なく、娘が二人やってきてソファーに座った。美人でもなんでもない、うちの課のデブコンビだ。いつも仲良く食事を取り、子供の言語発達についての本だとか、その手の本をそろって愛読している。

二人はすぐにその日のニュースについてコメントしはじめた。その日、同じ課のある娘がミニスカートで出社したらしい。それも尻《しり》スレスレの超ミニスカートで。

それを彼女たちはどう考えているかというと、すごくいいことだと思っている。二人のシルエットが奇妙に広がり、僕の頭上の壁に影絵のように浮かぶ。二人の声がまるで聖霊の声のように、えらく高いところから降ってくるように感じる。実際、僕は調子が良くなかった。それはたしかだ。

十五分間、二人は陳腐な言葉をうだうだと並べた。彼女には好きな服を着る権利があるし、男の気を惹《ひ》きたいとか全然そういうのじゃないし、ただ単にくつろげるから、好きだからそれを着ているんだし……云々。くだらない、滓《かす》の極み、フェミニズムの成れの果て。ある時、僕は大きな声で言ってみた。「くだらない、滓の極み、フェミニズムの成れの果て」しかし彼女たちには聞こえなかった。

僕もその娘のことは気づいていた。目に入れないほうが難しい。そもそも課長からして勃起《ぼっき》していた。

僕は二人の議論が終わる前に寝入ったが、ひどい夢を見た。二人のデブが課の真ん中の廊下で互いに腕を組んでいる。二人は腿《もも》を高くあげながら、声をかぎりに歌っている。

「私がケッ丸出しで歩くのは、
お前らの気を惹くためじゃない！
私が毛深い脚を晒《さら》すのは
自分が気持ちいいからだ！」

例のミニスカートの娘が戸口のあたりに立っている。しかし今度はシンプルで神秘的な黒のロングドレスを着ている。彼女は微笑みながら二人を見ている。肩に巨大なオウムがとまっている。どこか課長を思わせる。ときどき彼女がオウムの腹をなでる。ぞんざいだが、慣れた手つきだ。

目が覚めて気がついたが、僕はカーペットに吐いていた。パーティは終わろうとしていた。僕は反吐《へど》をクッションの山で隠し、それから家に帰ろうと立ち上がった。その時、車の鍵がないことに気がついた。

2

マルセルのあいだで

翌々日が日曜だった。再びパーティのあった界隈《かいわい》に赴いたが、車は依然行方不明だ。実のところ、どこに車を停めたのか、もう思い出せなかった。どの通りに停めたとしても不思議ではない。マルセル＝サンバ通り、マルセル＝ダソー通り……たくさんのマルセル通り。長方形の建物が建ち並び、そこに人が住んでいる。強烈なくらい、まったく同一の印象。それにしても僕の車はどこだ？

これらのマルセル通りを歩きまわるうち、車に対して、この世界の物事に対して、徐々に嫌気がさしてきた。購入以来、プジョー一〇四が僕にもたらしたのは面倒ばかりだ。多種多様な、わけの分からない修理、軽い接触事故……。当然、相手方の運転手は怒っていないふうを装い、事故確認書の用紙を取り出し、口では「オーケー、和解成立」と言う。しかし結局は恨みがましい目をこちらによこす。これはひどく応《こた》える。

おまけに、考えてみれば、僕はメトロで通勤しているのだ。これという目的もないかぎり、週末旅行に出かけることも稀《まれ》になった。バカンスはというと、たいていはパッケージツアー、たまにバカンスクラブを利用する。「あの車がなんになる？」いらいらと繰り返しながら、エミール＝ランドラン通りに入る。

しかし、フェルディナン＝ビュイッソン大通りに出たところでようやく、盗難届けを提出するというアイデアが浮かんだ。近頃は車の盗難が多い。とりわけ大都市近郊で顕著だ。こういう話なら、保険業者も会社の同僚もすんなり理解し、認めてくれるだろう。実際、車を失《な》くしたなんて、どうして本当のことが言えるだろうか？　すぐに、僕はふざけた奴だと看做《みな》されるようになる。それどころか異常者だとか道化的人物だと看做されるかもしれない。それはあまりに軽率だ。この手の話題はほとんど冗談にならない。こういうところから、噂《うわさ》が生まれ、友人関係が出来たり壊れたりする。僕は世間というものを心得ている。慣れている。車を失くしたと告白することは、事実上、自分を社会から抹消することを意味する。絶対に盗難を口実にするべきだ。

その後の夕刻、孤独はひどく明確になった。キッチンのテーブルの上に書類が散らばる。ソピケ社のカタルーニャ風ツナ缶の残り滓で、少し汚れている。動物小説の草稿だ。動物小説というのは、数ある文芸ジャンルのひとつであり、おそらくほかより優れている。それはともかく、僕は動物小説を書いている。小説のタイトルは『牝牛《めうし》と牝馬《ひんば》の対話』。倫理的省察と呼べるかもしれない。仕事でレオン地方〔ブルターニュ半島北西部の地方〕に短期滞在した時に着想を得た小説だ。特徴的な一節を紹介しよう。

「まずブルターニュの牝牛を考察する。牝牛は年がら年中草を食《は》むことだけを考えている。てらてらと光る鼻面が、恐ろしく正確なペースで上下する。憐《あわ》れを誘う薄茶の瞳《ひとみ》が、不安におののき震えることはない。そうしたことはきわめていいことのように思われる。それどころか実存の深い統一性、つまりいろんな意味で羨《うらや》ましいと思えるような、哲学で言うところの世界内存在と即自存在の一致をも、示しているように思われる。残念ながら、この場合、哲学者は誤りを露呈することになる。そしてその結論は、どれほど正確で深い直観を拠《よ》り所にしていようとも、あるがままの自然においての裏づけを取っていなければ、無効にならざるをえない。なるほど、牝牛の自然のほうが一枚上手なのだ。一年のある一定の時期（遺伝子プログラムの容赦ない作用により正確に特定される）に、牝牛の内側には大きな変化が起こる。鳴き声が大きくなり、長くなる。聞き心地の良かった声の構造からして変化する。時によっては人が漏らすある種の愚痴のようにも聞こえ、ぎょっとする。動作が速くなり、神経質になり、時に駆け出す。常にてらてらと光り、鉱石のような不変の英知を反映していたあの鼻面まで、まさしく強力な欲望の影響で、痛ましく引きつりゆがむ。

謎を解く鍵はとことんシンプルだ。つまり牝牛が欲すること（それが生涯唯一の欲望であるという点を踏まえた上で牝牛のそうした示威行為を正当に評価してやるべきだ）とは、飼育者が皮肉まじりに語るところの『満たされる』ことだ。そんなわけで飼育者はとにかく直接的に彼女を満たしてやる。実際、人工授精用注入器だって牡牛のペニスの代わりになる。まあ、幾分興醒めではあるが。いずれにせよ、牝牛は落ち着き、もとの徹底した瞑想《めいそう》状態に戻る。ただし数ヶ月後には可愛い子牛を産む。ついでをいえば、飼育者は丸儲《まるもう》けだ」

当然、飼育者は神を表している。次章になると、彼は牝馬を理屈抜きに贔屓《ひいき》し、これにたくさんの種馬をあてがい、永遠の悦《よろこ》びを約束する。牝牛はというと、思い上がりという罪を犯し、次第に人工授精の味気ない悦びしか与えてもらえなくなる。牝牛の悲壮な鳴き声が、創造主の宣告の変わらないことを示している。従順な者たちが代表団を結成して訴えても、境遇が改善されることはない。以上のように、この短い物語に登場する神は、慈悲深い神ではない。

3

難しいのは、ただルールに従って生きていればいいというわけではない、ということだ。なるほど、あなたはなんとかルールに従って（ぎりぎり、瀬戸際という時もあるが、全体としてはどうにか逸脱することなく）生きている。期日までに確定申告をする。期日どおりに請求書を決済する。絶対に身分証（そしてクレジットカード入れ！）を持たずに出かけたりはしない。

でも友達はいない。

ルールは複雑、多岐にわたる。規定の時間働く以外にも、きちんと買い物をしなくてはならない。ＡＴＭできちんと金を引き出さなくてはならない（そして、たいていの場合、順番を待たなくてはならない）。なによりもまず、生活のさまざまな側面を管理するそれぞれの機関に支払いをしなくてはならない。さらに、病気になることもある。諸費用と新規の手続きが必要となる。

とはいえ、まだ自由時間も残っている。なにをしよう？　どのように活用しよう？　人のためになることをしようか？　でも結局のところ、他人にほとんど興味がない。レコードを聴こうか？　それもひとつの答えではある。しかし歳を取るにつれ、次第に音楽に感動しなくなってきたのも事実だ。

日曜大工はその意味で最も一般的な選択肢であり、ひとつの道を提供してくれるだろう。しかし、なにをしたところで本当の逃げ道にはならない。次第に、どうしようもない孤独、すべてが空っぽであるという感覚、自分の実存が辛く決定的な破滅に近づいている予感が重なり合い、現実の苦悩に落ち込むことが多くなる。

そして、それでもまだ、あなたは死にたくないと思っている。

あなたに活気のあったこともある。活気があった時期もある。なるほど、もうよく憶《おぼ》えていないかもしれない。しかし写真が残っている。おそらくは青春時代、あるいはその少しあと。その頃はなんてがつがつしていたのだろう！　生きることに途方もない可能性を感じていた。その気になればポップス歌手にもなれたし、ベネズエラへ旅立つこともできた。

もっと驚きなのは、あなたに子供時代があったということだ。これからある七歳児を観察してみよう。彼は居間の絨毯《じゅうたん》の上でおもちゃの兵隊で遊んでいる。どうか注意深く観察してほしい。親が離婚したため、彼に父親はいない。化粧品会社で重要なポストに就いている母親と、一緒にいる時間も少ない。それでも彼はおもちゃの兵隊で遊んでいる。そして、そうした兵隊たち、この世界と戦争の表象に彼が抱いている関心は、非常に高そうだ。すでに彼には少し愛情が不足している。それはたしかだ。しかしどうやら彼はこの世界にものすごく関心を持っている！

あなたもこの世界に関心を持っていたことがある。ずっと前のことだ。どうか思い出してみてほしい。あなたは、ただルールに従っていればいいという領域に満足できなくなった。もうそれ以上、ルールの領域では生きられなかった。だから闘争の領域に飛び込んだ。どうかその瞬間に立ち返ってみてほしい。それはずっと昔のことだろう？　思い出してみてくれ。あの時の水の冷たさを。

いまや岸はすっかり遠くなった。そう！　岸は本当に遠い！　あなたは長いこと、向こう岸があると信じていた。いまや事情が違う。それでもあなたは泳ぎ続ける。そしてひと掻《か》きごとに、溺死《できし》に近づいている。息が詰まる。肺が燃えそうだ。水が冷たくなってきた。なにより苦《にが》くなってきた。あなたはもうあまり若くはない。いまや死にかかっている。大丈夫。僕がいる。あなたを見殺しにはしない。続きを読んでくれ。今一度、思い出してみてほしい。あなたが闘争の領域に飛び込んだ時のことを。

このあとに展開するのは一篇の小説である――というか僕を主人公にした瑣末《さまつ》な出来事の連続である。こんなふうに自伝的なものを書くということが唯一無二の選択というわけではない。とはいえ僕にはこれしかない。もし目にしたことを書かなくても、やはり苦しいだろう――そしておそらくは、その方が少しだけきついだろう。「少しだけ」という点を強調しておく。書くことはほとんど慰めにならない。それは物事を再び描きなおし、範囲を限定する。ごくわずかな一貫性を生む。一種のリアリズムを生む。ひどい靄《もや》のなかでまごついていることに変わりはない。いくつかの指標があるにはあるという状態だ。混沌《こんとん》まであと数メートル。実にぱっとしない。

読書の持つ絶対的、脅威的な力と、なんという違いだろう！　一生読書して過ごせたら、どんなに幸せかと思う。僕は七つの時分にはすでに読書の力を知っていた。この世界の仕組みは痛々しく、生きづらい。僕にはそれが修正可能とは思えない。実際、僕には一生読書して過ごすほうが向いていると思う。

そんな人生は、僕に与えられなかった。

僕は三十になったばかりだ。どたばたと学業をスタートし、それなりの成績で修了した。現在は、中堅サラリーマンだ。ソフトウェア・サービス会社のアナリスト・プログラマーとしての僕の給料の手取額は、ＳＭＩＣ〔全産業一律スライド最低賃金〕の二・五倍。すでに立派な購買力である。重役に出世することだって望めなくはない。あるいは、よくあるみたいにクライアントの会社に転職するかもしれない。要するに、僕の社会的地位は申し分がないと言えるだろう。それに比べて恋愛面はぱっとしない。数人の女性とつきあったが、期間はどれも短い。美しさもなければ個性的な魅力もなく、気分が沈みがちの僕は、女性が一番に求めるようなタイプではまったくない。だからいつも、僕に性器を広げてくれる女性のうちにちょっとした屈託があるのを感じた。結局のところ、彼女たちにとって僕はせいぜい「その場しのぎ」だった。とにかく長続きする関係の理想的な出発点でないことは誰もが認めるだろう。

二年前にヴェロニクと別れてから、僕はどんな女性ともつきあっていない。この方面で僕が行った気弱で優柔不断な試みは、ご多分に漏れずことごとく失敗した。二年というのはすでに長い期間のように思われる。しかし実際は、特に仕事をしていれば、あっという間だ。誰もがそう認めるだろう。二年なんてあっという間だ。

共感して読んでくれているあなたが女性ということもある。心配は要らない。よくあることだ。そもそも、そんなことは話の内容に影響しない。僕の守備範囲は広い。

僕の話は、緻密《ちみつ》な心理描写で読者を魅了するという類《たぐ》いのものではない。僕には技巧やユーモアで読者を感心させてやろうなんて野心はない。さまざまな感情を細やかに描写したり、キャラクターを描き出したりする才能を売り物にしている作家もいる。僕をそのひとりに数える人間はいないだろう。そうした現実味のあるディテールの積み重ねは、さまざまな作中人物を描き分けることと看做されているが、僕にはそれがいつも、こう言ってはなんだが、まったくくだらないことに思える。エルヴェとは友人であり、ジェラールにはある種のわだかまりを抱くダニエル。ヴィルジニーに託されるポールの夢、従妹《いとこ》のヴェニス旅行……読めば数時間はかかるだろう。水槽の中で仲間を踏みつけながら動きまわるオマール海老《えび》を観察していたほうがましだ（シーフード・レストランに行けば事足りる）。それに僕は人間に疎い。

僕の狙いは、より哲学的なところにある。その狙いを達成するためには、逆に無駄をそぎ落とさなくてはならない。簡素にしなくてはならない。たくさんのディテールを一つひとつ破壊していかなくてはならない。一方で歴史の単純な展開が、僕をバックアップしてくれるだろう。目下、世界が画一に向かっている。通信手段が進化している。住居の中が新しい設備で豊かになっている。徐々に、人間関係がかなわぬものになっている。そのせいで人生を構成する瑣末な出来事がますます減少している。そして少しずつ、死が紛れもないその顔を現しつつある。第三・千年紀は幸先がいい。

4

ベルナール、嗚呼《ああ》、ベルナール

明けて月曜日、職場に着くなり、うちの社のソフトウェアが農務省に売れ、自分がその教育業務の担当に選ばれたことを知った。その話はアンリ・ラ・ブレット（彼はアンリがHenriでなくHenryであることにこだわる。同様に姓と名を隔てるラにもこだわる）から聞かされた。年齢は僕と同じ三十歳。アンリ・ラ・ブレットは僕の直属の上司だ。つまり我々の間柄は概《おおむ》ね、暗黙の敵対関係にある。そんなわけで、まるで僕を不愉快にするのを個人的な愉《たの》しみにしているがごとく、彼はいきなり、この契約によって何度かの出張が必要になってくると言った。ルーアン、ラ・ロッシュ゠シュル゠ヨン、他はまだ分からない。そうした出張は僕にはいつも悪夢だった。アンリ・ラ・ブレットはそれをよく知っている。「ああそう、それなら僕は会社を辞める」と言い返す手もあったが、僕は言い返さなかった。

うちの社は、そんな言葉が流行するずっと前に、正真正銘の「組織文化」（ロゴ制作、社員用スウェットシャツの配布、トルコでの研修セミナー）を進めた。競争力があり、業界でも評判のいい会社だ。どこからどうみても「いい職場」である。うっかり辞めると言えないわけは分かってもらえるだろう。

午前十時。僕は白い静かなオフィスに腰を下した。向かいの席の、僕よりもほんの少し若い男は、最近入社してきた新人だ。名前はベルナールだったと思う。その凡人ぶりには唖然とする。とにかく金と投資のことばかり話している。投資信託、国債、住宅財形貯蓄……万事がそれだ。彼はインフレをやや上回る金利の上昇を当てにしている。僕はこの男に少しうんざりしている。彼に対してまともな受け答えができない。彼の口髭《くちひげ》が動く。

彼が席を外すと、静けさが戻ってくる。この職場は、荒れ果てた、月面を思わせるような界隈にある。十三区のどこかだ。バスから降りた人間は、本当に第三次世界大戦後に着いたと思うかもしれない。とんでもない。単に都市開発計画の只中に着いただけだ。

実際、窓の外には、どこまでも柵《さく》で囲われた泥だらけの空き地が広がっている。骨組みだけのビルが二、三棟。動かない建築用クレーンが数本。場の雰囲気は静かで冷たい。

ベルナールが戻ってくる。場を明るくしようと僕は彼に、自分の住居のある建物に漂う厭《いや》な臭いの話をした。一般に悪臭にまつわる話は人に受ける。僕はそのことに気づいた。とはいえ、その朝、階段を下りながら、ひどい悪臭を感じたのは本当だ。いつも勤勉な掃除のおばさんはどうしたのだろう？

ベルナールが言う。「きっとどこかでネズミが死んでるんだ」どういうわけか、それが彼にはおかしいらしい。彼の口髭が少し動く。

ある意味、哀れなベルナール。彼が一生で行える有意義なこととはなんだろう？　フナック〔本、CD、ビデオ、オーディオ機器など販売する大型チェーン〕でレーザーディスクを買うとか？　彼のような男は子供を持つべきなのだ。子供がいれば望みもある。そのうち、うようよいるちびベルナールたちから、なにかを見出《みいだ》すかもしれない。でも駄目だ。彼は結婚さえしていない。からからのドライフルーツだ。

結局のところ、別に同情するほどのこともないのだ。このベルナール君、この親愛なるベルナール君には。彼は幸せなのだとさえ思う——彼に許される範囲で、ベルナールである限りにおいて。

5

コンタクトを取る

その後、僕は農務省のカトリーヌ・ルシャルドワという女性と会う約束を取り付けた。ソフトウェアの名前は「シカモア」。本物のシカモアは、高級家具材として重宝される樹木だ。甘いシロップも採れる。寒冷地帯に生育する。とりわけカナダに広く分布する。ソフトウェア「シカモア」はパスカルで書かれている。いくつかのルーチンはＣ＋＋で書かれている。パスカルというのは十七世紀のフランスの作家だ。かの有名な『パンセ』の作者である。そして、非常に構造化されたプログラミング言語でもある。とりわけ統計処理に適している。僕は昔、この言語をマスターした。この度ソフトウェア「シカモア」は、農業従事者に対する国の補助金支払い業務を処理する。その業務の担当者がカトリーヌ・ルシャルドワだ。いうまでもなくコンピュータ分野の担当である。現在までのところ、カトリーヌ・ルシャルドワと僕には面識がない。要するに、今回が「ファースト・コンタクト」だった。

　このコンピュータエンジニアリングの世界で、いちばん華やかな面は、顧客とのコンタクトだろう。少なくとも、我が社の上役は、イチジク酒のカクテルなんかを片手にすると、やたらとそれを強調する（前回、クシャダスのバカンスクラブでセミナーが行われた時、プールサイドで彼らがそんな話をしているところを何度か見かけた）。

　僕の場合、新規の顧客とのファースト・コンタクトには、常にある程度の不安が伴う。そこには、ある組織に組み込まれた、さまざまな人間がいる。そうした人間との交際に慣れなくてはいけない。考えると暗くなる。もちろん、経験してすぐに分かったが、出会う相手は、完全に同一ではないにしろ、とにかく慣習、意見、嗜好《しこう》、人生に取り組む日頃の姿勢のよく似た人々だ。したがって理論的には、恐れることはない。それにその業務的性質から、会談はほとんど無害であるに決まっている。しかしながら、同時に気づいたことだが、しばしば人は、細かい、うんざりするような差異、欠陥、性格の特徴、その他諸々で、ことさら自分を目立たせようとする（おそらく相手に自分をひとりの人間としてきちんと処遇させるために）。したがって、ある人間はテニスが好きかもしれないし、ある人間は乗馬が大好きかもしれないし、ある人間はゴルフが趣味かもしれない。上役の何割かは鰊《にしん》の切り身が大好物で、何割かは大嫌いだ。運命がさまざまなら、コースもさまざまにある。したがって、たとえ「顧客とのファースト・コンタクト」の枠組みがはっきり限定されているとしても、残念ながら、不確かな部分は残っている。

さて、僕が六〇一七号室を訪れた時、カトリーヌ・ルシャルドワは不在だった。なんでも、「セントラルサイトの調整に手間取っている」らしい。座って待つよう椅子を勧められ、僕は腰を下した。オフィスの話題の中心は、前日のシャン＝ゼリゼで起こったテロ事件についてだった。爆弾はカフェの椅子の下に仕掛けられていた。二人が死亡した。三人目の女性は両脚と顔半分を吹き飛ばされた。彼女はこの先ずっと歩けず目が見えない。僕はそれがはじめてのテロ事件でないことを知った。数日前にも、パリ市庁舎そばの郵便局で爆発があったそうだ。五十代の女性がひとり吹き飛ばされたらしい。僕は同時に、それらの爆弾がアラブ人テロリストによって仕掛けられたこと、彼らの要求がいくつかの殺人容疑で勾留されているテロリスト数名の釈放であることを知った。

十七時頃、僕はオフィスを発《た》たなくてはならなかった。警察署に車の盗難届けを出しに行く必要があった。カトリーヌ・ルシャルドワは戻ってこない。それに僕はほとんど会話に参加していなかった。コンタクトを取るのは後日でもいいだろう、たぶん。

僕の盗難届けをタイプした刑事は、僕とほぼ同世代だった。明らかにプロヴァンス地方の出身者で、結婚指輪をしていた。彼の女房と、いるならその子供たち、そして彼自身はパリに暮らしていて幸せなのだろうか。女房は郵便局勤め、子供たちは保育園通い？　答えは知る由もない。

予想にたがわず、彼の反応は少し辛辣《しんらつ》で醒《さ》めていた。「盗難なんて……日常茶飯事です……まず見つからない……いずれにせよ我々もすぐにうっちゃってしまう……」日頃の経験に基づいた率直でありのままの発言に、僕は同情を込めて頷《うなず》く。しかし彼の負担を軽くしてやろうにも、僕にはどうしようもできない。

それでも届けの作成が終わると、彼の辛い口調にほんの少し明るさが加わるのを感じた。「さあどうぞ、お帰りください！　そうはいってもあなたの車は見つかるかもしれません！　そういうことだってあります！……」彼はもう少しなにか言いたかったのだと思う。でもほかに言うことがなかった。

6

セカンド・チャンス

翌朝、ミスを犯したことを知らされる。僕はなにがなんでもカトリーヌ・ルシャルドワに会うべきだったのだ。なんの断りもなく帰ったことが、農務省職員の反感を買ったらしい。

同時に（そして思いがけなく）、前回の契約で、顧客が僕の仕事に不満足だったことも告げられる。上は今まで僕にそれを黙っていた。しかし僕は目をつけられていたのだ。今回の農務省との仕事は、ある意味で僕に与えられたセカンド・チャンスだったらしい。課長はアメリカのテレビドラマ並に緊張した調子で、僕に言う。「我々は客商売をしているんだよ、君。この業界ではね、いいかね、セカンド・チャンスというのは、めったに与えてもらえないものだ……」

この男の不興を買うなんてがっかりだ。彼はとてもかっこいい。官能的でいて男らしい顔、短くカットしたグレーの髪。パリッと上質な白いYシャツの下に、逞《たくま》しく日焼けした胸筋が透けてみえる。クラブストライプのネクタイ。堂々とした自然な身のこなしが、肉体条件が完璧《かんぺき》であることを示している。

僕にできる（そしてひどく頼りなさそうな）唯一の言い訳は、先日、車を盗まれたというものだ。そこで僕は、盗難に遭ったばかりで気が動転していたと言い、早急に気を落ち着けるつもりだと約束する。まさにこの時、課長の中でなにかが急変する。彼は明らかに、僕の車が盗まれたことに腹を立てている。知らなかった。思いもよらなかったな。なるほど、よく分かったよ。そして別れ際、彼はオフィスの戸口のところで、パールグレーの分厚いカーペットをぎゅっと踏みしめながら、感情を込めて僕を励ます。「元気を出せ」

7

カトリーヌ、小さなカトリーヌ

「Good times are coming
I hear it everywhere I go
Good times are coming
But they're sure coming slow

これからいい時代が来る
どこに行ってもそんな声を聞く
いい時代は来るだろう
ただし、のろのろやって来るのさ」
ニール・ヤング

農務省の受付嬢はいつもレザーのミニスカートを穿《は》いている。しかし今回は、彼女に案内されずとも六〇一七号室へは辿《たど》りつける。

カトリーヌ・ルシャルドワはのっけから僕の懸念がすべて正しかったことを立証する。年齢二十五歳。情報処理の上級技術修了証と、前歯に虫歯数本を所持している。

びっくりするほど攻撃的だ。「今度のソフトはちゃんと動くといいけど！　もし、前回おたくから購入したような……正真正銘のガラクタだったら、まあ当然ながら、なにを購入するかを決めるのは私じゃない。私はお手伝いさんみたいなものよ。他人のやらかしたヘマの尻拭《しりぬぐ》いのためにいる……」云々。

僕は彼女に説明する。なにを売るかを決めるのは僕じゃありません。それに、なにを作るかを決めるのも。実のところ、僕にはなんの決定権もないんです。あなたにも僕にも、問題がなんであろうと決定権はありません。僕がここに来たのは単に、あなたのサポートをするためです。取扱説明書の見本をいくつか渡し、あなたと一緒に講習会のプログラムを練るためです……。しかしなにを言っても彼女は鎮まらない。彼女の怒りは激しい。彼女の怒りは深い。今、彼女はメソドロジーについて語っている。私に言わせれば、みんな構造化プログラミングを基にした厳密なメソドロジーに従うべきなの。さもなければ無法状態になってしまう。プログラムの書き方はでたらめ。誰もが他人なんてお構いなしに自分のコーナーで好きなことをやる。相互理解がない。全体のプランがない。調和がない。パリというのは、ひどい街だわ。人と人とに出会いがない。彼らは自分の仕事にさえ興味がない。すべてが上辺だけ。みんなが六時に帰宅する。仕事が終わろうが、終わるまいが、そんなことはお構いなし。

コーヒーでも飲みにいきましょうと彼女が言う。当然、僕は承諾する。自動販売機。小銭がない。彼女に二フラン貰《もら》う。コーヒーはくそまずい。それでも乗りに乗ってい
る彼女には関係ない。パリでは人が道端でくたばろうが、みんなお構いなしよ。うちの実家の方は、ベアルンは、そんなじゃない。私は毎週末、ベアルンに帰省しているの。そして夜はキャリアアップのために国立工芸院で講義を受けている。三年後には、技師の資格を取得できるわ。

技師。僕は技師だ。なにか言わなくてはならない。僕はおずおず質問する。

「なんの講義を？」

「経営管理、因子分析、アルゴリズム、財務会計」

「きっと大変なご苦労でしょう……」僕は漠然と言った。

ええ、それは大変な苦労だわ。でも苦労なんて平気なの。宿題を片付けるのに自宅のワンルームで真夜中までかかることもよくある。とにかく人生、なにかを得ようと思うなら、全力でぶつからなきゃ。これが、私がいつも考えてきたことなの。

僕らは階段を上りながらオフィスに帰る。「それじゃ全力でぶつかりたまえ、小さなカトリーヌ……」僕は侘《わび》しい気分でつぶやいた。正直、彼女はあまり美人ではない。虫歯のほかに彼女が持ち合わせているのは、つやのない髪、怒りでぎらぎらしている

小さな目。見るからに貧相な胸と尻。正直、神は彼女にさほど優しくなかった。

僕は思う。僕らはとても仲良くやれるだろう。彼女はすべてを仕切り、牛耳るつもりでいるようだ。僕はただ出かけていって、講義をすればいいのだ。こういう状況は完全に僕に向いている。刃向かうつもりはまったくない。思うに、彼女が僕に恋することはあるまい。僕の印象では、彼女が男とどうのこうのなんてありえない。

十一時頃、オフィスに新たな人物が入ってくる。彼の名はパトリック・ルロワ。どうやらこのオフィスをカトリーヌと共同で使っているらしい。アロハシャツ。尻にぴたっと張り付くブルージーンズ。そしてベルトに引っ掛けたキーホルダー。彼が歩くと、それがじゃらじゃら音を立てる。くたくたなんだよね、と彼は言う。ジャズクラブで仲間と夜を明かしたんだ。女の子を二人オトすことができてね。まあ、いい夜だったよ。

彼は午前の残りを電話をして過ごすのだろう。大声で話している。

三本目の電話で、彼は本来なら相当に悲しいはずの話題を取り上げる。彼とも、電話の向こうの女性とも親しかった女友達が、交通事故で死んだらしい。最悪なことに、車を運転していたのは「ル・フレッド」というまた別の友人だった。そして当のル・

フレッドは、ぴんぴんしている。

理屈からして、こんな話はかなり暗くなるはずだ。しかし彼なら主題のその側面を、ある種の臆面《おくめん》のない俗人ぶりで巧《うま》くごまかせるだろう。机の上に足を載せ、今時の言葉でしゃべりつづける。「超イイ子だったなあ、ナタリーは……マジで美人だったしね。それがみんなパーだ、オジャンだもん……君は葬式に行ったの？　えっ僕？　僕は葬式って、なんか苦手なんだよね。それに、あれって……たぶん年寄りのためのものじゃん、いずれにせよさ。ル・フレッドが来てたって？　そりゃマジでキレてんね、あのバカは」

昼休みの時刻がやってきて、僕は本当にほっとした。

午後は〈情報処理教育〉課の課長に会わなくてはならない。正直、なぜか分からない。とにかく僕の方には、彼に話すことはなにもない。

一時間半、がらんとした薄暗いオフィスで僕は待った。明かりを点《つ》けたいとは思わなかった。自分がそこにいるのを目立たせたくなかったからもある。

オフィスに通される前、『農務省情報処理計画大綱』というタイトルの分厚い報告書を渡された。これまたなぜか分からない。書類の内容は僕とはまったく関係がない。

内容が序文の通りであるならば、それは「目的＝目標へのアプローチにおいて想定されるさまざまなモデルシナリオを予《あらかじ》め定義する試み」についての書類だ。目標自体も、「望ましいものであるかどうか、より精緻《せいち》な分析を待って根拠づけられる」ものであり、それはたとえば農業従事者援助政策の方向づけであるとか、ヨーロッパレベルの自由競争に耐えうる農業関連セクターの発展であるとか、生鮮食品分野における貿易バランスの建て直しであるとか……。僕は書類をぱらぱらめくりながら、笑えるフレーズに鉛筆で線を引いた。たとえば「戦略上の要《かなめ》は、分散した不均質なサブシステムを統合し、総合的情報システムを実現することにある」。あるいは「目下の急務は、組織的取り組みによって、正規化されたリレーショナルモデルを確立することであり、これにより中期的にはオブジェクト指向データベースに到達することができる」。結局、女性秘書がやってきて言った。会議が長引いておりまして、残念ながら課長は本日、面会できそうにありません。

それで僕は帰宅した。雇われの身である以上、仕方ないのさ、はっ、はっ、はっ！

セーヴル＝バビロン駅で、奇妙な落書きを見かけた。「神が望まれたのは不平等であって、不当ではない」とある。神の摂理にこれほど通じているこの人物はどこの誰だろうかと僕は思った。

8

普通、僕は週末には人に会わない。外出はしない。家を少し片付ける。おとなしく落ち込んでいる。

しかしながら今週の土曜日には、二十時から二十三時まで社交的な時間帯がある。僕は司祭をしている友人と一緒にメキシカン・レストランへ行く。レストランはいい。それはまったく問題なしだ。問題は友人で、彼はまだ僕の友人なのだろうか？

僕らは学校で一緒だった。二人とも二十歳だった。とても若かった。今、僕らは三十歳だ。彼は一旦《いったん》は技師免許を取ったが、神学校に進んだ。彼は進路を変更した。そして今では、ご覧のとおりヴィトリィの司祭だ。ヴィトリィというと、お気楽な教区ではない〔パリ郊外の団地都市。住民には移民、低収入者が多く、若者の失業率が高い〕。

僕はキドニービーンズのタコスを食べる。そしてジャン＝ピエール・ビュヴェは性欲についての話をする。彼に言わせれば、我々の社会が（広告、雑誌、メディア一般を通して）エロチシズムに抱いているように見せている興味は、まったくのまがい物なのだそうだ。実のところ、ほとんどの人間がこうした話題にうんざりしている。ところが奇妙な欺瞞《ぎまん》の裏返しから、みんなその逆を装っている。

話は彼の持論に突入する。我々の文明は活力の涸渇《こかつ》に苦しんでいるのだ、と彼は言う。人の生きる意欲が絶大だったルイ十四世の時代には、文化は声高に、快楽や肉欲を否定し、世俗に生きても不完全な悦びしか得られない、真の至福の源は神にこそあるのだ、と執拗《しつよう》に繰り返した。そんな説教は今の時代にはもう絶対に通用しない。我々にはアヴァンチュールとエロチシズムが必要だ。だって、人生は素晴らしく、刺激的だと繰り返し言ってもらう必要がある。そして当然、みんなそれを少し疑わしいと思っている。

彼は僕のことを、性欲もなく、野心もなく、これといった気晴らしもない、活力の涸渇を示す典型的な例だと思っているようだった。僕はどう返答するべきか分からない。僕には、誰にでもそんなところがあるように思える。僕は自分をノーマルなタイプだと思っている。とはいえ完全にノーマルではないだろう。そもそも完全にノーマルな人間なんているだろうか？　せいぜいが八〇パーセント、ノーマルというところだ。

まあ、言ってみれば、この時勢、誰だって一度や二度は自分のことを落伍者《らくごしゃ》と感じることがあるのではないか、と僕は指摘した。僕らはそこで同意した。

会話が行き詰まる。僕はバーミセリのカラメルがけをちびちび食べる。君は神を見出すか、精神分析を受けるかしたほうがいい、と彼が言う。突然、矛先が自分に戻り、僕はびくっとする。彼は尚《なお》も話を続ける。僕のケースに関心を持っている。危うい状況にあると思っているらしい。君は孤独だ、あまりにも孤独すぎる、それは自然なことじゃない、と彼は言う。

僕らは食後酒を取る。彼は手の内を見せた。彼に言わせれば、キリストが打開の道、生命の源だ。豊かでいきいきとした人生を与えてくれる泉なのだ。「君は自分の神性を受け入れるべきだ！」彼が声を張り上げる。隣のテーブルの人間が僕らのほうを振り返る。僕は少し疲れを感じる。袋小路に入り込んだ気がする。万一に備えて、僕は微笑みを浮かべる。僕にはあまり友人がいない。この友人を失うつもりはない。「君は自分の神性を受け入れるべきなんだ……」さっきより穏やかに彼が言う。努力してみるよ、と僕は約束する。それに付け足して二言、三言なにか言う。なんとか意見を一致させようとする。

それからコーヒーを飲み、それぞれの家に帰る。結局のところ、いい晩だった。

9

六人の人間が今、小綺麗《こぎれい》な、イミテーションであろうマホガニーの丸テーブルの周りに集まっている。ダークグリーンのカーテンが引かれている。小さなサロンにでもいるようだ。僕はふと、会議は午前中ずっと続くだろうと予感する。

農務省代表ひとり目は、青い目の男。若年で、小さな丸メガネをかけている。ついこのあいだまで学生だったにちがいない。若いくせに、恐ろしく真面目そうだ。きっと彼は午前中ずっとメモを取る。時にそれはかなり意外なタイミングだったりもするだろう。明らかにボスだ。少なくともいずれボスになる男だ。

農務省代表二人目は、短く刈り込んだ頰髯《ほおひげ》がもみあげまで繫《つな》がった中年男。まるで『おなじみ五人組』〔イーニッド・ブライトン作の少年少女向け冒険小説〕に出てくる厳しい家庭教師みたいだ。どうやら、その傍《かたわ》らに座るカトリーヌ・ルシャルドワに対して多大な影響力を持っているらしい。いわゆる〈理論家〉だ。彼の発言はすべて、メソドロジーの重要性、もっと一般的に言えば、事前に熟考することの重要性を喚起する警告ばかりだろう。ただこの場合、理由は謎だ。ソフトウェアはすでに購入された後であり、もはや熟考の必要はない。しかしそれを口にするのはやめておく。彼が僕のことを好ましく思っていないのはすぐに分かる。彼に好かれるにはどうすればいいだろう？　僕は決心する。よし、午前中は馬鹿みたいに感心した顔で、彼の発言を何度も支持しよう。まるで彼の思慮と含蓄に富む素晴らしい見解に、今突然はっとさせられたかのように。普通の人間ならまず間違いなく、僕をやる気いっぱいで、自分の命令どおりにきちんと動ける坊やだと判断するはずだ。

農務省代表三人目は、カトリーヌ・ルシャルドワ。件《くだん》の哀れな娘は、今朝は少し悲しげだ。前回持っていた戦闘意欲をすっかり手放したように見える。その小さな醜い顔がすっかりゆがんでいる。定期的にメガネを拭《ふ》く。泣いたんじゃないかとさえ思えてくる。彼女が朝ひとり服を着ながら、いきなり嗚咽《おえつ》を始めるところが、目に浮かぶ。

農務省代表四人目は、農業社会主義者のカリカチュアのような人物。長靴とパーカーを身に着けている。まるで現地調査帰りだ。鬚《ひげ》をもじゃもじゃに生やし、パイプを吹かしている。この男の息子にはなりたくない。彼の前にはこれみよがしに『新技術に直面するチーズ製造業』というタイトルの本が置かれている。僕はなんのために彼がここにいるのか理解できない。明らかに彼は会議のテーマについて門外漢だ。おそらくは労働組合の代表者だろう。何者であろうとなかろうと、とにかく彼は場を緊張させ、紛争を起こすのが自分の使命だと思っているらしい。たびたび「成果に繋がらないこうした会議の無意味さ」あるいは「中央省庁が決めたものの、現場で働く若者たちの現実的ニーズにはまったく合ってないそうしたソフトウェアの数々」を批判する。

その正面に、うちの会社の人間がいる。鬚の男が異論を出すたび飽きもせずに（僕から見ると、かなりまずいやり方で）反論し、相手がわざと問題を誇張しているかのように、おまけにそれが本当に取るに足らない意見であるかのように振舞っている。僕の上司のひとりで、名前はたしかノルベール・ルジャイィだったと思う。彼がこの会議に出席するとは知らなかった。そして、とてもじゃないがありがたい存在ではない。この男はまさしく顔も豚で、態度も豚だ。ほんの小さなチャンスがあれば、いつまでもしつこく笑っている。笑っていない時は、ゆっくり手を擂《す》り合わせている。でっぷりどころか、異常な肥満体だ。そしてなんの根拠もありそうにないその自信には、いつも耐えられないものを感じる。しかし今朝、僕はすこぶる調子がいい。二度などは、彼の洒落《しやれ》に応えて、一緒に笑いさえする。

午前中、七人目の人物がちょいちょい現れて、お堅い会議の場を華やかにする。農務省〈情報処理教育〉課の課長で、先日、僕が会い損ねた人物だ。この男は、若くダイナミックなボスという役柄を極端にデフォルメして演じることが、自分の使命だと思っているらしい。彼は、僕がこの業界でこれまで目にしてきたなによりも強烈な存在だ。Yシャツのボタンは本当に留める暇もないかのように外れっぱなし、ネクタイは走って風に煽《あお》られたかのように片方にずれている。実際、彼は廊下を歩かない。滑走する。飛べるなら、飛んでいくはずだ。プールから直行してきたかのように、顔はてかり、髪は乱れ、湿っている。

最初の登場時に彼は、僕と僕の上司に気がつく。次の瞬間、すでに僕らの傍《そば》にいる。どういう技を使ったのか。きっと十メートル五秒以下、いずれにせよ僕には付いていけないスピードで、移動したにちがいない。

彼は僕の肩に手を置き、優しい声で話しかけてくる。先日は無駄にお待たせして申し訳ないことをしました。僕は彼に聖母のように微笑みかける。気になさらないでください、よく承知してますから、いずれ次の機会がありますよ、と僕は言う。本心からの言葉だ。とても甘いひと時だ。彼は僕に、僕だけにかがみこんでいる。二人は長い別離の後ようやく一緒になれた恋人同士のように見えただろう。

彼は午前中にあと二回、姿を現す。しかしどちらも戸口に留《とど》まり、もっぱらメガネの若者にばかり話しかける。毎回、まずはこちらがうっとりするような笑顔で我々に、お邪魔しますよと声をかける。戸口のところで、ドアに凭《もた》れかかり、片足でバランスを取る。まるで彼を駆り立てる内部の興奮のせいで、立ったままの姿勢で長くじっとしていられないかのように。

当の会議について憶えていることはほとんどない。とにかく具体的なことはなにも決まらなかった。ただしラスト十五分は別で、昼食に出かける直前は慌しかった。地方講習会の日程が次々とカレンダーに嵌《は》めこまれた。僕に直接関わることだ。出張に行くのは僕だからだ。したがって僕は決まった日付と場所を慌てて紙に書き留める。とはいえ晩にはその紙も失くしてしまう。

翌日、早速〈理論家〉とのブリーフィングで改めて一通りが説明される。そうして僕は、農務省によって（というか、僕の理解が正しければ、彼によって）三階建ての手の込んだ講習会が組まれたことを知る。補完的でありながら、それ自体が独立している講習会を嵌めこむことで、利用者のニーズにより応える内容になっている。細かい配慮がはっきり伝わってくる内容だ。

具体的にいうと、僕は長い出張に行かされる。まずはルーアンに二週間、それからディジョンに一週間、最後にラ・ロッシュ＝シュル＝ヨンに四日間。十二月一日に出発し、クリスマスにはパリに戻る。だから「家族で休暇を過ごす」ことができる。要するに人間的な側面への配慮が利いている。素晴らしい。

僕は同時に（驚きでもあるが）、それらの講習会に派遣されるのが自分ひとりではないと知る。というのは、うちの社が派遣員は二人と決めたのだ。つまり僕は誰かと二人一組で動くことになる。二十五分間、不安を煽る静けさの中で、〈理論家〉が講習会を二人一組のフォーメーションで行う利点と不都合を詳細に論じる。最後は辛うじて利点が不都合を上回る。

僕は同行する人物についてなにも知らない。おそらくは知り合いだろう。いずれにせよ、それを僕に予め伝えておこうと考えた人間はいなかったということだ。

〈理論家〉はさっきの分析を巧く利用しながら、その二人目の人物（素性は最後まで謎のまま）がここにおらず、その人物を召集すべきだと判断する人間がいなかったことが実に残念でならないと言う。尚も続けて、これでは僕がここにいる意味がない、少なくともあまり役に立たないというようなことまで、仄《ほの》めかしはじめる。たしかに僕も同感だ。

10

J＝Y・フレオが言うところの「自由度」

その後、本社に戻る。みんなの対応は優しい。僕は会社での面目を取り戻したらしい。

課長が僕を脇へ呼ぶ。僕に今回の契約の重要性を改めて語る。君は実直な男だから な、と僕に言う。彼は車の盗難についてお愛想とは違う現実味のあることを二、三言う。ホットドリンクの自動販売機そばでの血の通った会話だ。僕は彼が人材管理の本当のプロであることを認める。僕は心の中でなるほどなあと呟《つぶや》く。彼は僕のなかでどんどんかっこいい人間になる。

そして午後、僕はジャン＝イヴ・フレオの送別会に出席する。実に有能な人材、優れた技術者が社を去ってしまう、と課長は力説する。彼はこの先も、少なくともこれまでと同等の功績を挙げるだろう（要するに課長はフレオの不幸を心から願っている）。まあ、気が向いたら、一杯やりに立ち寄ってくれたまえ！　最初の職場ってのは、忘れがたいものなのだ、初恋のようにね、と課長はいやらしい口調で言葉を締める。この時、僕は思う。課長は少し飲みすぎかもしれない。

短い拍手。J＝Y・フレオの周りに二、三の人だかりができる。彼は周囲をぐるりと見回す。いかにも満足そうだ。僕はこの青年を少しだけ知っている。僕らは三年前、同時期にこの会社に入った。僕らは同じオフィスを使っていた。彼とは一度、文明の話をしたことがある。彼は社会に情報の流れが増える、それ自体は善いことなのだと言う（そしてある意味本気でそう思っている）。自由とは、さまざまな個人、さまざまなプロジェクト、さまざまな組織、さまざまなセクション間の相互連結が可能であることに他ならない。つまり自由の最大値は、選択の幅の最大値に一致している。彼はこの選択の幅を、固体力学の用語を借りて「自由度」と呼んだ。

たしか僕らはホストコンピュータの近くに座っていた。エアコンがぶんぶん音をたてていた。いってみれば彼は、社会を脳に、個々人を脳細胞に譬《たと》えている。実際、脳細胞にとっては、最大限の相互連結が望ましい。しかし譬えはそこで終わりだった。

自由主義者だったからだ。そして彼は、脳においてどうしても必要なこと、統合というプロジェクトにほとんど賛同できなかった。

後で知ることになったが、彼自身の生活はきわめて合理的だった。彼は十五区のワンルームマンションに住んでいた。暖房費は共益費に含まれている。ほとんど寝に帰るだけの住居だった。実際、仕事がハードだったからだ——それに彼は仕事以外の時間にもよく『マイクロ＝システムズ』を読んでいた。彼にとっての自由度とは、もっぱらミニテル〔八〇年代、フランス・テレコムが開発した情報通信用端末〕で夕食のメニューを選ぶことだった（彼は当時目新しかったそのサービスに加入していた。決まった時間ぴったりに、比較的短時間で温かい料理を配達してくれるサービスだった）。

夜、彼が机の左隅に設置されたミニテルを使って、献立を組み立てるのを見るのは楽しかった。ミニテル上のポルノ広告を見ては、よく彼をからかったものだ。とはいえ彼は実は童貞だったと思う。

ある意味で彼は幸せだった。当然、彼は自分のことをデータ通信革命の立役者のように思っていた。コンピュータの支配力が増すたび、ネットのグローバル化が進むたび、まるで自分が勝利したかのように感じていた。彼は社会党支持者だった。そして奇妙なことにゴーギャンを愛好していた。

11

ジャン＝イヴ・フレオと再会することは二度とあるまい。そもそもどうして会うことがあるだろう？　結局のところ、僕らはあまり気が合わなかった。とにかくこの時代、人と人とが再会することはほとんどない。たとえ高揚したムードの中で始まった関係でも同じだ。時には息をはずませて人生全般を論じ合うような会話が生じることもある。時には肉の繋がりが生じることもある。もちろん電話番号を交換する。しかしほとんどの場合、相手に電話をかけることはない。たとえ電話をかけ、再会したとしても、最初の熱はあっという間に幻滅と興醒《きょうざ》めに変わる。嘘じゃない。僕は人生というものを心得ている。すべては完全に閉塞《へいそく》している。

こうした人間同士の関係の消失が進めば、小説にも必ずなんらかの支障が出る。実際、どうして我々に、数年に亘《わた》って露《あら》わになり、場合によっては数世代に亘って影響する、あの激しい情熱を語ることができるだろう？　我々は『嵐が丘』から遠く離れてしまっている。それだけは言える。小説という形式は、無関心を描いたり、無を描いたりするのに向いてない。もっと平坦《へいたん》で、もっと簡潔で、もっと生気のない筋立てを考え出す必要がある。

人間同士の関係が次第に不可能なものになっていくとしたら、それはジャン＝イヴ・フレオが先駆けて熱く唱えた自由度の増大のせいだ。彼にはいかなる「恋愛」の経験もなかった。それはたしかだ。つまり彼の立場はかぎりなく自由だった。皮肉や嫌味で言っているのではない。繰り返すが、あれは幸せな男だった。それはそれとして、僕はその幸せを羨ましいとは思わない。

情報科学を思索する人間（ジャン＝イヴ・フレオもそのひとり）は、巷《ちまた》で考えられているほど珍しくはない。中規模の企業にひとり、稀に二人いる。またほとんどの人間がなんとなくでも、なにかと関係すること、とりわけ人間関係を持つこととは、すなわち情報を交換することだと認めている（もちろん情報という概念には、中立でない、つまり利益なり不利益なりをもたらすといったメッセージも含まれる）。こうした環境では、情報科学を思索する人間はたちまち、社会の変化を思索する人間になる。その論説はしばしば魅力を放ち、したがって説得力を持つ。つまり感情面さえ情報科学に統合され得るということだ。

翌日（またしても送別会で、とはいえ今度は農務省での送別会で）、〈理論家〉と話す機会があった。例によってカトリーヌ・ルシャルドワを従えている。彼はジャン＝イヴ・フレオと面識がない。そしてこの先も会うことはないだろう。もし二人が出会っていたら、知的な交換が礼儀正しく、高次のレベルで行われたことだろう。きっといくつかの価値観において共通の見解に達したはずだ。たとえば自由とか、透明性とか、社会活動全般をカバーする総合取引システム設立の必要性とか。

この宴《うたげ》の目的は、このたび引退する六十歳の小男の門出を祝うことだ。男の頭には白髪がまじり、ぶ厚いメガネをかけている。職員仲間は金を出し合い、記念品に釣竿《つりざお》（日本製のすぐれもので、リールの回転は三段切り替えが利き、プッシュボタンで竿の長さの調節ができる）を用意しているが、彼はまだそのことを知らない。彼はシャンパンのボトルの近く、よく目立つところに立っている。おのおのが彼のところへ行き、彼をぽんと叩《たた》き、思い出話をしている。

それから〈情報処理教育〉課の課長がスピーチを始めた。農業分野の情報処理化にすべてを捧《ささ》げた彼の三十年というキャリアを数行でまとめるなんて、まったくもって向こう見ずと言うものです、といきなり彼は言った。ルイ・ランドンはコンピュータの草創期を知っています。パンチカード！　停電！　磁気ドラム！　エクスクラメーションマークのたび、まるで聴衆に過ぎ去ったその時代に想いを馳《は》せよというように、課長は両手を振り上げた。

当の本人はというと、ほくそ笑み、つまらなそうに口髭をつまんでいる。とはいえ概ね行儀よい態度をくずさない。

ルイ・ランドンは農業分野の情報処理化にはっきりとその足跡を残したのです、と課長は熱っぽく断言した。彼なくして、農務省の現情報処理システムはなかったはずです。そして現行スタッフはもちろん、未来のスタッフも（ここで声の震えが少し高まる）彼を忘れることなどありえないでしょう。

三十秒近く盛大な拍手が続いた。うぶな女性スタッフから選ばれた娘が、引退していく男に釣竿を渡した。彼はそれを恥ずかしそうに上にかざした。それを合図にみんな料理の並んだテーブルに向かった。課長はルイ・ランドンのそばに寄り、彼の肩に手を回してゆっくり歩きだした。より親密で個人的な会話を交わすためだ。

まさにこの時、〈理論家〉が僕に耳打ちした。いずれにせよランドンは一昔前のコンピュータ世代さ。彼はちゃんとしたメソッドを使わず、勘にたよってプログラミングする。彼はいつまでたっても機能分析の原理にうまく順応できなかった。「分析設計技法」の概念なんて彼にはほとんどチンプンカンプンだった。彼の作成したプログラムは実際すべて書き直しが必要だった。この二年、彼にはもうたいした仕事は回していない。まあ、一種の除《の》け者だな。個人の長所なんて関係ない、と興奮気味に〈理論家〉は言った。単に物事は移り変わる、普通のことだ。

〈理論家〉はルイ・ランドンを過去の霧の中に葬ると、自分の好きなテーマにうまく話を持っていった。彼いわく、情報の生産流通は、食料品の生産流通に起こったのと同じ変化、つまり手工業的なステップから工場生産のステップへの移行を経験することになるらしい。情報生産に関していえば、我々はいまだ「ゼロ・ディフェクト」に程遠い、と彼は口惜《くちお》しそうに認めた。たしかに冗長で、曖昧《あいまい》なところはまだまだ多い。情報を配信するネットワークは発展途上で、依然として厳密さを欠き、時代遅れな感が否めない（フランス・テレコムが相変わらず紙の電話帳を配っているんだから！と彼はいまいましげに強調する）。やれやれ、若い人たちは情報の数が増え、より信頼できるものになることを求めているというのに。彼らのレスポンスタイム短縮への要求はますます顕著になっているというのに。完全に情報化され、完全に開示され、いつでもどこでも誰にでも通信が可能になる社会への道のりはまだまだ遠い。

彼は次々話を展開した。カトリーヌ・ルシャルドワが横に控えている。ときどき、「そうです、それが大切なんです」と合の手を入れる。赤い口紅を塗り、青いアイシャドーを引いている。スカートは腿に半分かかるミニ丈で、ストッキングは黒だ。僕はふと思った。きっとパンティも新調したに違いない。紐《ひも》パンということもありうる。場内のざわめきが少し大きくなった。彼女が〈ギャラリー・ラファイエット〉で、レースの真っ赤なブラジリアンタイプの紐パンを選んでいるところが目に浮かんだ。痛々しくて胸がいっぱいになった。

この時、同僚がひとり〈理論家〉のところへやってきた。二人は僕らから少し距離を取り、葉巻を勧めあった。カトリーヌ・ルシャルドワと僕は向かい合ったまま、場に取り残された。完全な沈黙が訪れた。それからカトリーヌ・ルシャルドワは会話の糸口を探るように、サービス会社と農務省のあいだで（要するに我々二人のあいだで）仕事の手順をどう合わせるかを話しはじめた。彼女はますます僕に近づいた（僕らの体は三十センチしか離れてなかった）。ある時、彼女は、おそらくはなんの気なしに、僕のジャケットの襟をつまんだ。

僕はカトリーヌに対してどんな欲望も感じなかった。彼女とヤリたいなんて全然思わない。彼女は僕を笑顔で見つめている。スパークリングワインを飲んでいる。気力を失わないでいようと努力している。だけど僕は知っている。彼女はものすごくヤラれたがっている。下腹部にあるその穴を、彼女はそのうち本当に無用だと思うようになる。ペニスであれば、いつでも切り取れる。しかしヴァギナの虚《むな》しさはどうにもできない。僕からみると、彼女の状況は絶望的だ。そしてネクタイが少し苦しくなってきた。三杯目を空けたあと、僕は彼女に言いそうになった。オフィスに行ってセックスしませんか、デスクの上でも、カーペットの上でも構いませんよ。僕はいつでも必要な行為を全うできそうだった。しかし僕は黙っていた。それにどうせ彼女は了承しなかっただろう。あるいは、まず彼女の腰に腕を回し、きれいだよと言い、唇にそっとキスするべきだったのかもしれない。結局、出口はないのだ。僕は手短に失礼を詫《わ》び、トイレに吐きにいった。

戻ってみると、〈理論家〉がいる。そして彼女はその傍らで従順に話を聴いている。要するに彼女はうまく自制心を取り戻した。おそらく彼女にはその方がいい。

12

この退職者の送別会によって、僕と農務省とのあいだには間違いなく、ささやかではあるがこれ以上ない関係が築かれた。講義の準備に必要な情報はすべて集まった。あとはもう顔を合わせる必要もほとんどない。ルーアン出発までに、まだ一週間あった。

寂しい週だった。それは十一月末の、たいていの人間が寂しいと認める期間だった。日々にこれといった事件が起こらなければ、ついには気候の変化が人生において大きな位置を占めるようになる。僕にはそれは当然のことに思える。そもそも俗に言われるとおり、年寄りにいたっては、もうそれしか話さない。

人生経験が少ないせいで、自分はずっと死なないと、つい考えてしまう。人の命がごくわずかになってしまうなんて、ありそうにない。なにかがそのうち起こると、いやでも考える。とんでもない間違いだ。ある人生が空っぽで短いということは十分ありうる。日々が空しく過ぎ去っていく。痕跡《こんせき》も思い出も残さない。それから突然、停止する。

ときどき、このままこれという生き甲斐《がい》もなく生き永《なが》らえることもできると、思うこともあった。退屈には比較的痛みもないし、日常の営みに支障を来《きた》すことはあるまいと思うこともあった。またしても間違いだ。退屈というものは長引くと、退屈のままではいられなくなる。それは遅かれ早かれ、よりはっきりとした痛み、確固たる痛みの感覚に変わる。それがまさに今、僕に訪れつつある。

もしかしたら今回の地方出張は「気分転換」になるかもしれない。マイナス方向へかもしれないが、とにかくそれは僕の「気分転換」になるだろう。少なくとも小さな変更、なにかしらの動揺はあるはずだ。

第2部

1

バブ・エル・マンデブ海峡付近には、茫洋とした変化のない海面の下に、巨大な珊《さん》瑚礁《ごしょう》が不規則に散らばっている。航行者にとっては現実の危険だ。赤みの露出や、海水とのわずかな色合いの違いよりほかに、珊瑚礁を感知する術《すべ》はほとんどない。ここを通り過ぎる旅人が、この辺りの紅海の特色であるサメの生息密度の異常な高さ（僕の記憶がたしかなら、一キロメートル四方に棲《す》むサメの数は二千匹にのぼる）を思い出し、猛暑にもかかわらず、軽い悪寒《おかん》を覚えても無理はない。圧倒的で非現実的なまでの暑気が、バブ・エル・マンデブ海峡付近の気味の悪い雰囲気をかきたてる。

そのかわりというのも変だが、空はいつも、これでもかというほど晴れている。そして視界は常にあの過熱した白い光に包まれている。それは製鉄工場で鉄鉱石を加工する第三過程で（溶解して流れだした鉄が、鉄本来の性質を凝縮させたまま空中で静止し、ぱっと輝きを増す、あの瞬間に）目にする光だ。おかげで大方の操舵手《そうだしゅ》が事故もなくこの危険水域を通過できる。そうしてまもなく穏やかなアデン湾のぬめぬめした虹《にじ》色の海へと静かに入っていく。

それでもときどき、なにごとかが生じ、たしかに姿を現す。十二月一日、月曜、午前。冷え込んでいる。そして僕はルーアン行き列車の表示板のそばでティスランを待っている。サン＝ラザール駅だ。徐々に寒さが応《こた》え、うんざりしてくる。ティスランはぎりぎりになって到着する。座席探しに苦労しそうだ。それとも彼は一等車両用の乗車券を持っているのかもしれない。いかにも一等が好きそうだ。

僕と組む可能性のある人間は社に四、五人いた。そしてたまたまそれがティスランになった。特に嬉《うれ》しいとは思わない。しかし彼の方は口に出して喜ぶ。「君と僕はすごいコンビになるよ……」彼はきっぱりと言う。「きっとばっちりうまくいく……」（彼は二人の未来の友情を示そうとするように、両手をぐるぐる回してみせる）。

僕はこの若者を知っている。何度かホットドリンクの自動販売機の辺りで雑談したことがある。彼の話はたいてい下ネタだった。この地方出張はひどいものになりそうだと感じる。

そして走る列車の中。僕らは、商業学校の学生らしい賑《にぎ》やかなグループの真ん中に席を取る。わずかでも騒々しい空気を避けようと、僕は窓際に座る。ティスランがアタッシェケースから、会計ソフトに関するカラーパンフレットをいろいろ取り出す。会計ソフトなんて、僕らがこれから行う講習会にはまったく関係がない。僕は思い切ってそれを指摘する。彼は「ああ、そうね。シカモアってのも、いいよね……」と曖昧に相槌《あいづち》を打ち、そして独り言を続ける。技術的な面について、彼は一〇〇パーセント僕を頼りにしているらしい。

彼は赤、黄、緑の模様の入ったきらびやかなスーツを着ている（ちょっと中世のタピスリーみたいだ）。おまけに胸ポケットには、出張というより「火星旅行」風のチーフを差している。ネクタイもお揃いだ。彼の服装から浮かび上がるのは、超ダイナミックなビジネス業界で働きながら、ユーモアも忘れない人間像だ。僕の服装は、厚手のセーターにダウンジャケットという「ヘブリディーズ諸島でのウィークエンド」風。どうやら、大枠が定まりつつあるこのロールプレイングゲームの中で、僕が演じる役どころは「システム畑の人間」らしい。仕事はできるが少し無愛想で、身なりに構っている暇のない、ユーザーとの会話が根っから苦手な技術者というところか。僕にぴったりな役だ。ティスランは正しい。僕らはいいコンビになる。

　もしかして、ティスランはパンフレットを取り出すことで、左隣の娘（商業学校の学生で、掛け値なしの美人）の注意を引こうとしたのかもしれない。とすれば彼の話は体裁上こちらに向けられているにすぎない。それで僕はちらちら窓の外に目を遣《や》る。日が昇りはじめる。太陽はくすんだ緑の草原の上で、靄のかかる沼の上で、血のように赤くなる。小さな集落が、谷間のあちこちで遠く靄に煙っている。その光景は見事で、少し怖いくらいだ。ティスランは窓の外には興味がない。それどころか左隣の女子学生の視線をなんとか自分に向けさせようとしている。ラファエル・ティスランの難点――事実上、それが彼の個性のベースなのだが――それは、非常に醜いということだ。あまりに醜いため、見た目で女性に嫌われる。だから女性とセックスできない。それでも彼はアタックする。全力でアタックする。しかしうまくいかない。女性が彼を受け入れない、ただそれだけのことだ。

　しかしながら彼の肉体は標準の域に入っている。おおまかにいえば地中海人種だろう。たしかに彼は太り気味だ。いわゆる「ずんぐり体型」かもしれない。ついでに頭部の禿《は》げは猛スピードで進行しそうだ。とはいえ、そういうのはまだごまかしが利く。

しかし、どうにもならないのは顔だ。彼は本当にひき蛙とバッファローを合わせたような（ずんぐりむっくりの、ごつごつの、大きくて、ゆがんだ、要するに美と正反対の）顔をしている。そのぎらぎらしたニキビ体質の肌からは、脂っこい体液が絶えず滲《にじ》み出していそうだ。彼は遠近両用の大仰なメガネをかけている。ひどい近視でもあるからだ――ただ彼がコンタクトレンズだったとしても、恐らく、なにも改善はされないだろう。おまけに彼の会話にはデリカシーや空想力、ユーモアがない。彼には完全にどんな「魅力」もない（魅力というのは時に――少なくとも男性においては――美の代用品になりうる。そもそも、「彼は非常に魅力的だ」とか「肝心なことは、魅力だ」とかよく言うではないか）。こうした事情で、彼は当然、ひどく欲求不満だ。しかし僕になにができる？　だから僕は窓の外に目を遣る。

程なく彼は例の女子学生に話しかける。列車はセーヌ川に沿って進んでいる。セーヌは朝日に飲まれ深紅に染まっている――まるで血の川だ。

九時頃、列車はルーアンに到着する。女子学生がティスランにさよならを言う――もちろん、電話番号の交換には応じてくれない。数分間、彼はいくらか落ち込むだろう。つまりバスを探すのは僕の役目になるだろう。

農務省地方局の建物は陰気だ。そして僕らは遅刻だ。ここでは八時に仕事が始まるのだ（後で知ったが、地方によくあるケースらしい）。すぐに講習会がスタートする。ティスランが話を始める。彼は自分を紹介し、僕を紹介し、我が社のことを紹介する。続けて情報処理、統合ソフトウェア、それらの優れた点を紹介するのだろう。これから行う講義の内容、その手順、その他いろいろ紹介することがありそうだ。順調に進んでも昼頃まではかかるだろう。とりわけあの時代遅れのコーヒーブレイクがあるなら確実だ。僕は上着を脱ぎ、自分の周りに書類を並べる。

出席者は十五人ほど。内訳は秘書が数人、中間管理職が数人、技術者とおぼしき（技術者ふうの外見をした）人間が数人。彼らはひどく意地悪そうでもないが、特にコンピュータに興味があるふうでもない――それでも、と僕は心の中で呟く。コンピュータは彼らの生活を変えるだろう。

僕はすぐに危険がどこからやってくるかを探知する。それはメガネをかけた、痩《や》せて、ひょろりと背の高い若者だ。いちばん後ろに陣取っている。みんなを監視するためらしい。僕は彼に「ヘビ」と名前をつけた。とはいえ、このあとのコーヒーブレイクで、彼が僕らに名乗る実際の名前はシュナーベルだ。創設の準備が進む情報処理課の未来の課長である。そして彼はそれに非常に満足しているらしい。その隣に、五十代の男が座っている。かなりがたいがよく、一癖ありそうな雰囲気だ。赤毛の頬髯を短く刈り込んでいる。元陸軍曹長とか、そんな過去があるにちがいない。そいつの目がじっと僕を見据える――きっとインドシナ戦争あがりだ――延々と僕を睨《にら》み続ける。僕がここにいる理由を釈明しろと催促しているかのようだ。彼は、自分の上司であるヘビに全身全霊から仕えている。奴のイメージはマスチフ――とにかく一度嚙《か》んだら二度と離さないタイプの犬だ。

すぐにヘビがあれこれと質問を投げてくる。目的はティスランの足許《あしもと》をぐらつかせて、無能な状態にするためだ。ティスランが無能なのは事実だが、彼はこれまでにも辛い目に遭ってきている。それがプロというものだ。彼はさまざまな攻撃を難なくかわすだろう。ある時は優雅に身をかわし、ある時はその点についてはこの講義の終わりの方でお話ししますと約束する。時には、こんな仄めかしにさえ成功する。たしかにコンピュータが発達する前の時代であれば、そんな質問にも意味があったのかもしれませんね。しかし今となっては無意味です。

正午、きんきん耳障りなチャイムによって講義は中断される。シュナーベルが僕らの方にするすると寄ってくる。「一緒に食事しますよね？」それは事実上、有無を言わさぬ命令だ。

彼は僕らに、申し訳ないが食事の前に二、三片付けないといけない瑣末事があるのだと詫びる。同行していただけませんか、そうすれば、あなたがたに「オフィス見学」してもらうことにもなりますし。彼が僕らを連れて廊下に出る。子分がすぐ後ろをついてくる。ティスランが隙を見て僕に囁《ささや》く。「どうせなら三列目にいたギャル二人と食べたかった」のだそうだ。つまり彼はすでに出席者の女性数人に狙いをつけたということになる。ほとんど避けようのない事態だが、やっぱり少し不安を感じる。

僕らはシュナーベルのオフィスに入る。子分は戸口に立ち、「待て」の姿勢のまま動かない。彼はいわば歩哨《ほしょう》だ。オフィスは広い。こんなに若い幹部のオフィスにしては、やけに広い。それでまず最初に僕は思う。おそらく彼はこのオフィスを見せるためだけに、僕らをここへ連れてきたのだろう。だって彼はなにもしていない――彼はただ苛立《いらだ》たしげに電話をこつこつ叩いているだけだ。僕はデスクの前のソファーにすとんと座る。すぐにティスランも腰を下ろす。シュナーベルの馬鹿が許可を出す。「ああ、どうぞ、お掛けください……」その時、秘書が横手のドアから現れる。彼女は恭《うやうや》しく机に近づく。メガネをかけた、ほどほどに年配の女性だ。両手の上に未決書類のファイルを載せている。なるほど、このシーンを見せたかったのか。

シュナーベルは自分の役を印象的に演じる。最初の書類にサインをする前に、重々しい調子で、ゆっくりとそれに目を通す。彼は「構文レベルで少しまずい」表現を指摘する。途方に暮れる秘書、「書き直すこともできますが……」そして答える偉大なボス、「いや、これでいい。問題はないさ」。

この退屈な儀式が次の書類そしてまた次の書類で繰り返される。僕は腹が減ってきた。壁に並んだ写真をよく見ようと立ち上がる。それはアマチュアの撮った写真で、大きく引き伸ばされ、大事に額に入れてある。間欠泉や、氷塊、そういったものの写真らしい。アイスランドでのバカンス（おそらくはヌーヴェル・フロンティエールのツアー）のあとで、彼が自分で焼付けをしたのだろう。しかしソラリゼーションだの、ぼかしフィルターだの、僕の知らない技だので、小細工をしているために、被写体がなんなのかさっぱり判らない。みんなそろって相当みすぼらしい。

僕の興味を見取って、シュナーベルは僕の傍にきて言う。「アイスランドですよ……なかなかいい出来だと思っています」

「はあ……」僕は応える。

ようやく我々は食事に出かける。シュナーベルは先に立って廊下を進みながら、オフィスの組織化と「空間の割り振り」についてコメントしている。まるで自分が最近、オフィスを丸ごと購入したかのような話し振りだ。ときどき曲がり角で、僕の肩に腕を回す（幸い、直接触れることはなかったが）。シュナーベルの歩みは速い。そしてティスランは短い足でついていくのに苦労気味だ（隣から息切れが聞こえてくる）。我々のすぐ後ろで、例の子分が殿《しんがり》を務める。まるで万が一の不意打ちに備えでもするかのようだ。

　食事はだらだらと続く。最初は万事快調だ。シュナーベルが自分の話をする。二十五歳にして、すでに情報処理課の課長、というか、じき課長だと、改めて自分を紹介する。彼は前菜からメインまでのあいだに三度、二十五という年齢を口にした。

　それから彼はこちらの「学歴」を知ろうとする。自分よりも下と知って安心したいのだろう（彼自身は農業工学・山林行政技術者であり、そしてそれを誇りに思っているらしい。それがどういうものか知らないが、後で聞いた話によると、高級官吏の一種らしい。農務省関係の組織の中でのみ、お目にかかれる――まあ国立行政院《エナ》出身のエリートのようなものだが、とはいえエナ族よりは格下だ）。この点からすると、ティスランは彼を完全に満足させる。ティスランの話では、彼はバスティア商業高等専門学校とか、そのあたりの微妙なレベルの学校の出身だ。僕は牛のあばらロースのべアルヌ風ソースがけを咀嚼《そしやく》しながら、質問が聞こえなかったふりをする。例の子分が僕をじっと見据える。「質問されたら答えるのだ！」とわめきはじめるのではないかと一瞬心配になる。僕は思いきって顔を背けてみる。結局、ティスランが僕の代わりに答える。彼は僕を「システムエンジニア」だと紹介する。それに信憑《しんぴよう》性を与えるため、僕はスカンジナビアの規格と、ネットワークの互換性について少し話す。シュナーベルは椅子の上で身を屈《かが》め、防御の態勢に入る。僕はデザートのプリンを取りにいく。

午後はコンピュータ上での実習に当てられる。ここで僕が登場する。ティスランが説明を続けている傍らで、受講者のあいだを回って、全員が問題についてきているかどうか、演習をこなしているかどうかを確認する。僕はその仕事をどうにかこなす。とにかくそれが僕の仕事なのだ。

二人の女の子がしょっちゅう質問してくる。秘書の子たちだ。どうやらコンピュータの前に座るのはこれが初めてらしい。したがって当然のことながら二人は少し困惑している。しかし僕が二人に近づくたびに、ティスランが割り込んでくる。説明を打ち切るのに躊躇《ちゆうちよ》もない。とりわけ片方に惹かれているらしい。たしかにその娘はうっとりするような美人で、ぴちぴちしていて、とてもセクシーだ。黒いレースのビスチエを着けており、レースの下でおっぱいがそっと揺れている。哀れなことに、ティスランが近づくたび、秘書嬢の顔がひきつる。とっさの反発、ほとんど嫌悪と呼んでいいものがその顔に浮かぶ。これは本当に宿命なのだ。

十七時、再びチャイムが鳴る。受講者たちは自分の手荷物をまとめ、帰り支度を始める。しかしシュナーベルは僕らに近づいてくる。この毒ヘビは、まだカードを隠し持っているらしい。彼はまず僕を孤立させようと見事なジャブを繰り出してくる。「あなたのようなシステム畑の方はよく受ける質問でしょうが……」と前置きをして、本題に入る。ネットワークサーバーに供給する電流の入力電圧を安定させるための電源装置を買うべきか否か？　この件で、周囲と意見が対立しているらしい。僕の知りもしない話だ。だから僕はそう答えようとする。しかし、どうやら絶好調らしいティスランが僕の先を越して答える。その問題については、ちょうど論文が発表されたばかりです、と彼は言ってのける。結論ははっきりしています。パソコン作業がある程度普及すると、電源装置の採算性は急速に高まります。まあ三年経たぬ内にそうなります。残念ながら、今、手元にその論文も参考文献もありませんが。でもパリに帰り次第、必ずコピーをお送りしますよ。

お見事。シュナーベルは完敗して退きさがる。「楽しい夜を」とさえ言ってくれそうだ。

宵のはじまりはホテル探しだ。ティスランの提案で〈アルム・コショワーズ〉に宿を定める。結構なホテルだ、実に結構なホテルだ。とにかく出張費用は後で戻ってくるのだから、構わないじゃないか。

次に彼は食事前に一杯やろうと言う。いいとも飲もう！

カフェの中、ティスランは二人づれの若い娘に程近いテーブルを選ぶ。彼が席に着く。娘たちが去る。寸分のズレもなし。お見事、お嬢さんがた。実にお見事！

彼はやむなくドライマティーニを注文する。僕はビールにしておく。自分が少しいらいらしているのを感じる。ひっきりなしに煙草を吸っている。文字通り次から次へと煙草に火を点ける。

ティスランは最近スポーツクラブに入会した話をする。少し体重を絞ろうと思ったのと、「もちろん、女の子をナンパするためもあるさ」。結構なことだ。異論はない。

僕は自分の煙草の量が増えていることに気づく。少なくとも日に四箱は吸っているはずだ。喫煙は、僕の生活において真に自由といえる唯一の部分となってしまった。僕という存在をあげて完全に賛同している唯一の行動だ。僕の唯一の投企《とうき》だ。

ティスランは続けて彼にとって大事なテーマ、すなわち「我々コンピュータエンジニアは花形である」を話しはじめる。おそらく彼の言わんとすることは、給料が高いこと、ある程度尊敬される職業であること、転職が非常に容易《たやす》いことだろう。ううむ、まあ、そうした点に限るなら、彼は間違っていない。我々は花形だ。

彼は持論を展開する。僕は五箱目のキャメルを開ける。程なく彼はマティーニを飲み干す。彼はホテルに帰ろうと言う。食事の前に服を着替えたいらしい。まあ、いいさ、行こうか。

僕はロビーでティスランを待ちながら、テレビを見る。学生のデモについてのニュースをやっている。パリでも相当大規模なデモがあり、報道によれば、少なくとも三十万人がデモに参加したらしい。それは当初、平和的デモ、どちらかといえば大規模なお祭りのようなものと看做されていた。そして例によって、その平和的デモもまずい展開になった。学生ひとりの目がつぶされ、機動隊ひとりの腕が引きちぎられた。

この大規模デモの翌日、パリでは「警察の暴行」に抗議するデモ行進が行われた。それは「驚くほど厳かな」ムードの中で繰り広げられた。そう報道するコメンテーターは明らかに学生の味方だ。その厳かさに少しうんざりする。僕はチャンネルを変える。エロチックなプロモーションビデオがかかる。結局テレビを消す。

ティスランが戻ってくる。パーティ用ジョギングウェアとでもいうのか、黒と金のジャージを着ている。ちょっとスカラベみたいだ。まあ、いいさ、行こう。

　レストランは、僕の勧めで〈フランチ〉に行く。ここに来ればフライドポテトにマヨネーズをたっぷりかけて食べられる（巨大な桶《おけ》に用意されたマヨネーズを思う存分すくえばいい）。そもそも僕はマヨネーズをたっぷりかけたフライドポテトと、ビールがあればそれで満足だ。ティスランはというと、ためらいもなくクスクス・ロワイヤルとシディ・ブラヒム〔アルジェリア産の特上ワイン〕のボトルを注文する。二杯目のワインを飲み終わると彼は再び、ウェイトレス、客、女という女に視線を遣りはじめる。哀れな青年だ。本当に哀れな青年だ。彼がなぜ僕を連れとして高く評価しているのかはよく分かる。なぜなら僕はガールフレンドの話を絶対にしない。女性経験を絶対にひけらかさない。したがって彼はそれを根拠に（当然の帰結として）、僕にはなんらかの事情で性生活がないのだと考えている。そしてそれは彼にとっては痛みを和らげ、苦しみを軽くする要素だ。いたたまれない場面を思い出す。ティスランが、入社したてのトマセンという男を紹介された日のことだ。トマセンはスウェーデンの出身だ。したがって非常に長身で（二メートル強はあるだろう）、うっとりするほどスタイルが良い。

そして顔は並外れて美しく、太陽のように光り輝いている。面と向かうと本当に、超人や半神を目の当たりにしているような気分になる。

トマセンはまず僕と握手をした。それからティスランのところへ行った。ティスランは椅子から立ち上がり、まっすぐ立っても、相手がゆうに四十センチは背が高いことに気がついた。ティスランはいきなり腰を下ろした。その顔が真っ赤になった。僕は彼がトマセンの喉元《のどもと》に飛びかかるのではないかと本気で思った。いやな光景だった。

その後、僕はトマセンと何度か地方出張に（例によって同じようなスタイルの講習会に）赴いた。僕たちはとても仲良くやった。ちょくちょく気づかされるのだが、並外れて美しい人々というのは、たいてい慎ましく、優しく、愛想がよく、思いやりがある。少なくとも男同士の場合、彼らは友達づくりに大変苦労する。相手に劣等感を持たせないよう、持ってもわずかですむよう、常に努力をしなくてはならない。

幸い、ティスランはトマセンと出張に行ったことはない。しかし彼は講習会の話が回ってくるたびに、トマセンと一緒になるのではないかと考え、辛い夜を過ごしている。

食後、ティスランは「いい感じのカフェ」に一杯やりにいこうと言う。ふむ、結構だとも。

僕は彼の後ろをついていく。そして今度は僕も、彼の選択が見事であると認めることになる。僕らは巨大なアーチ天井の地下倉に入る。梁《はり》は古く、いかにも本物だ。木製のテーブルが店の各所に配置され、蠟燭《ろうそく》で照らされている。奥の大きな暖炉で火が燃えている。すべてが、気ままな、いい意味でくだけたムードを醸している。

僕らは席に腰を下ろす。ティスランはバーボンの水割りを注文する。僕はビールにしておく。周りに目を遣り、僕はひとりつぶやく。やれやれ。今度こそ、この不遇の相棒の旅も終わりそうだ。ここは学生の溜まり場だ。みんな陽気だ。みんな遊びたがっている。女の子が二、三人で座っているテーブルもいくつかある。バーカウンターには連れのいない女の子さえ数人いる。

僕は思いきり促すような目でティスランを見る。カフェには若い男女がひしめきあっている。女たちが優雅な手つきで髪を後ろにかきあげる。彼女たちは脚を組み、笑い出すチャンスを待っている。要するに彼女たちは楽しんでいる。ナンパするなら今だ。今、まさにこの時だ。この場所にはすばらしくお膳立《ぜんだ》てがそろっている。

彼は手元のグラスから目を上げ、メガネの向こうから僕をじっと見る。そして僕は気がつく。彼にはもう気力がない。無理だ。彼にはもう挑戦する勇気がない。もう完全にうんざりしている。彼は僕を見つめる。表情が少し震えている。おそらくはアルコールのせいだろう。食事中にワインを飲みすぎたのだ。馬鹿な男だ。僕は彼が泣き出すのではないか、これまでの辛い人生を語りだすのではないかと不安になる。彼は今にもその類いのことを始めそうだ。メガネのレンズが涙でうっすら曇っている。

来るなら来い。それを受けとめ、すべてを聞く準備はできている。必要とあらばホテルまで彼を運んでやろう。どうせ朝になって恨まれるのは僕だけど。

僕はなにも言わない。黙ってなりゆきにまかせる。話すべきことがさっぱり思い浮かばない。ぐずぐずした状態がしばらく続き、危機は去る。驚くほど弱々しい震える声で彼は僕に言う。「引揚げたほうがいいかもしれない。明日は早いし」

了解、引揚げよう。僕らは残った酒を飲み干し、腰を上げる。僕は最後の煙草に火を点ける。再びティスランに目を遣る。本当にすっかり取り乱している。僕が二人分を支払うのをぼんやり見つめ、ドアに向かうとぼんやりついてくる。背中を丸め、小さくなっている。彼は自分を恥じている。自分を軽蔑《けいべつ》している。死んでしまいたいと思っている。

僕らはホテルに向かって歩く。途中で雨が降ってきた。こうして僕らのルーアンでの初日は終わった。そして、これはもう明らかだが、これからの日々もまったく同じことの繰り返しなのだ。

2 毎日生まれたての一日

今日、〈ヌーヴェル・ギャラリー〉〔百貨店ギャラリー・ラファイエットのセカンドライン、食品類も扱う〕で、ある男の死を目撃した。すごくあっけない、パトリシア・ハイスミス的な死だ（つまり現実の命に特有のそのあっけなさ、唐突さは、パトリシア・ハイスミスの小説にも見出せる）。

事の顛末《てんまつ》はこんなふうだ。スーパーマーケットのコーナーに入ったところで、僕は男が床に倒れているのに気がついた。男の顔は見えなかった（そのあとレジ係のあいだで交わされる会話から、男が四十前後の年頃であることを知った）。すでに数人が男の周りで慌しく動き回っていた。僕はできるだけ立ち止まらないようにその場を通り過ぎた。悪趣味な関心を示したくなかった。時刻は十八時前後。

たいしたものは買っていない。ホテルの部屋で食べるチーズとスライス・パン（その晩はティスランとの外出を避け、部屋で休むことにした)。しかし客の要望に応えて取り揃えられた多種多様なワインのあいだで、僕はしばらく迷った。困ったことに僕はワイン・オープナーを持ってない。それ以前に僕はワインが好きじゃない。結局これが決め手となって、ツボルグのビールのパックにする。

レジカウンターに着くと、従業員とある夫婦が話をしている。さっきの男は死んでいたらしい。夫婦は応急措置の場に居合わせたようだ。少なくとも終わりの方を見ていたらしい。女房の方は看護師だった。心臓マッサージをするべきだったのよ、そうすれば助かったかもしれないわ、と話している。さてどうなのか、僕は素人だから分からない。しかし、もしそうなら、彼女はなぜそれをしなかったのだろう？　僕にはこの種の態度が理解できない。

いずれにせよ僕がそこから引き出す結論は、場合によっては、人はいとも簡単にあの世へ行きうる——あるいは行きそびれる、ということだ。

とてもいい死に方とは言えない。スーパーマーケット独特のあの騒々しい空気の中、誰も立ち止まらない。みんなカートを押して行き過ぎる（店がいちばん混む時間だった）。さっきはたしか〈ヌーヴェル・ギャラリー〉のテーマソングも流れていた（あのあと店の人間が曲を変えたのだろう）。延々と同じフレーズが繰り返される曲だ。

「今日もヌーヴェル・ギャラリィィィー……毎日生まれたての一日……」

店を出ると、男はまだそこにいた。絨毯か、厚手の毛布らしきもので包まれ、ぎゅうぎゅうに縛りあげられている。それはすでに人間ではなく、重くて生気のない小包であり、搬出の手はずが整っている。

さあ搬出だ。十八時二十分。

3

旧市場広場のゲーム

少し変わっているのかもしれないが、僕はこの週末をルーアンで過ごすことにした。ティスランは不思議がった。ルーアンの街を観光したいし、パリに帰ってもすることがないのだと、彼には説明した。でも街の観光なんてさほどしたくない。

それでも街には中世の見事な遺跡や、たしかに魅力的な古民家がある。五、六百年前、ルーアンはフランスでも屈指の美しい街だったのだろう。しかし今はすべてにガタが来ている。すべてが薄汚れ、垢《あか》まみれで、手入れが悪く、絶え間ない車の往来、騒音や公害によってぼろぼろになっている。誰が市長かは知らないが、十分も旧市街を歩けば、その男が完璧な無能、あるいは腐敗しきっていることが分かる。

尚悪いことに、チンピラ数十人が、バイクやスクーターで排ガスを撒《ま》き散らしながら、通りを走り回っている。彼らは、工場が潰《つぶ》れうらぶれつつある郊外からやってくる。その目的は、頭が割れるような、かぎりなく不快な騒音、沿道住民が本当に我慢できないような騒音を放つことだ。彼らの思惑は完全に成功している。

十四時頃、僕はホテルを出る。まっすぐ旧市場広場へ向かう。それはかなり大きな広場で、周りをカフェ、レストラン、高級品店が囲んでいる。ここが、五百年以上前にジャンヌ・ダルクが火あぶりになった場所だ。歴史事件の記念として、奇妙にうねりながら半分地面にめりこんだ、コンクリートブロックの山のようなものが建っている。よくよく見れば、教会と分かる。広場にはほかに、生えはじめた芝生のスペース、花壇のスペース、そしてスケートボーダー用（あるいは車椅子用だろうか）の傾斜スペースもある。しかし場の複雑さはそれだけに留まらない。広場の中央にも商店が並んでいる。丸いコンクリート製の屋根の下には長距離バスの停留所のような建物もある。

僕はコンクリートブロックの上に腰を下ろす。何事かを見極めようと思った。おそらくこの場所が町の中心、中核だろう。ここでは今、どんなゲームが繰り広げられているのだろう？

まず気がつくのは、そこを歩いている人間のほとんどがなにかの集団か、二人から六人までの小さなグループだということだ。ひとつとしてそっくり同じグループはなさそうだ。たしかに彼らは似通っている。異常なほど似通っている。しかしこの類似を同一とは呼べそうにない。まるで彼らは、個性実現につきまとう矛盾を具現するために、服装、移動手段、ちょっとずつ違うまとまり方を採用したかのようだ。

次に気がつくのは、そうした人々がみんな自分自身にも世界にも満足しているらしいということだ。これは驚くべきことで、少しぞっとしさえする。彼らは節度を持ってうろついている。ある者は皮肉な笑いを浮かべ、ある者は間の抜けた表情をしている。最も若いうちの何人かは、最も荒くれたハードロック風のジャンパーを着ている。そこには「Kill them all !」とか「Fuck and destroy !」とかいう文字が読み取れる。しかし買い物を中心に楽しい午後を過ごしている点、それによって自分という存在を回復しようともしている点はみんな一致している。

最後に気がつくのは、自分が彼らと違っているという違和感だ。とはいえ、この違いの性質ははっきりしない。

結局、こうした実りのない観察を諦《あきら》め、僕はカフェに逃げ込む。またしても間違い。テーブルのあいだを、巨大なグレートデンがうろついている。同種の中でも特に大きい方だろう。そいつが客一人ひとりの前で立ち止まる。まるで噛みつくかどうか考えているかのようだ。

僕から二メートルほど離れたテーブルに少女がいて、泡立ったココアのカップを前にしている。犬が少女の前で長々と足を止める。犬はカップに鼻を近づける。いきなりべろりとココアを舐《な》めそうだ。少女が怯《おび》えはじめる。僕は立ち上がる。なんとかしたい。こういうペットは大嫌いだ。しかし結局、犬は行ってしまう。

それから僕は裏通りをぶらぶらした。まったく偶然に、サン＝マクルー教会の前庭に入った。大きな四角い庭で、四方をゴシック様式の褐色の彫刻が取り囲んでいる。

その向こうに結婚式が見えた。教会から出てきたところだった。とても古風な結婚式だ。ブルーグレーのスーツ、白いドレスとオレンジの花、可愛い介添えの少女たち……。僕は教会の階段に程近いベンチに座っていた。

新郎新婦はそう若くなかった。新郎は太った、少し赤ら顔の男で、裕福な田舎者という感じだ。新婦は新郎より少し背が高く、四角い顔にメガネをかけている。それらが相まって、言いたくはないが、ちょっと滑稽《こっけい》な印象を醸していた。通りがかった数人の若者が、新郎新婦の顔を見て笑う。仕方のない話だった。
二、三分間はそうしたことをきわめて客観的に観察できた。それから不快感に囚《とら》われはじめた。僕は立ち上がり、急いでそこを立ち去った。

二時間後、夜になり、僕は再びホテルを出た。僕は立ったまま、ひとりでピザを食べた。店は閑散としていた――そしてそれも当然だった。ピザの生地は恐ろしくまずかった。店の内装は白のタイルと、ステンレス製のライトからなりたっている――客は手術室にいるような気分になるだろう。

それから僕はポルノ映画を観に、ルーアンのその筋の映画館へ行った。席は半分埋まっていた。かなり流行《はや》っている方だろう。当然、退職者と移民が目立つが、カップルも何組かいた。

しばらくして、客がやたらと席を移ることに気づき驚いた。特に理由があるようには見えない。秘密が知りたくて、誰かが席を立つ時、一緒に移動してみた。真相は実に簡単なことなのだ。カップルがやってくるたびに、二人から三人の男がそれを取り囲む。彼らは二つ三つ席を空けて場所を取り、マスターベーションを始める。願わくば、女の方に自分の性器を見てもらいたいと思っているのだろう。

僕はその映画館に一時間近く留まった。それからルーアンの町を横切り、駅に向かった。構内を数人の物乞《ものご》いがうろついていて、なんとなく不穏だ。連中のことは無視して、パリ行きの列車の時刻をメモした。

翌日、僕は早くに起床した。始発に間に合うように駅に着いた。切符を買った。発車を待った。そして僕は発たなかった。自分でもその理由は分からない。すべてがきわめて不愉快だ。

4

僕が病気になったのは翌日の晩だ。夕食後、ティスランからディスコに行こうと誘われた。僕は辞退した。左肩に痛みを感じ、悪寒を覚えた。僕はホテルに帰り、眠ろうとした。しかし眠れない。横になると、息ができなくなる。僕は再び起き上がった。壁紙に気が滅入る。

一時間後、座っていても息苦しくなってきた。僕は洗面所に行った。死人のような顔色だった。痛みが肩から心臓へ徐々に移動しはじめていた。自分の状況が深刻かもしれないと思ったのはこの時だ。このところ僕は煙草を吸いすぎていた。

二十分近く、僕は洗面台に凭れかかっていた。痛みは徐々に強まってくる。再び外出するとか病院に行くとか、そういったことすべてが、ひどく億劫《おっくう》に思われた。

午前一時頃、僕はホテルを飛び出した。今や痛みははっきりと心臓の辺りに移ってきていた。一回息をするのも、大変な苦労だった。そしてその都度ひゅうひゅう音が鳴った。まともに歩けず、少しずつしか進めない。歩幅三十センチがやっとだ。路肩に駐車された車に寄りかからないと立っていられなかった。

数分間、僕はプジョー一〇四に寄りかかって休憩し、それから、大きな交差点に続いていそうな通りを遡《さかのぼ》りはじめた。五百メートル進むのに三十分近くかかった。痛みはそれ以上増すことはなかったが、和らぐこともなかった。一方、呼吸困難は深刻化していた。そしてそれが最も不安な点だった。このままでいくと、僕はもうすぐ死ぬ。あと数時間、いずれにせよ夜明けまでには死ぬだろう。こんなふうに突然死んでしまうのか。その不当さに愕然《がくぜん》とする。僕が命を酷使したとはとても考えられない。たしかにここ数年、何事もうまくいっていなかった。しかしだからこそ、それは「実験中断」の理由にはならない。逆にこの先、人生が僕に正当に微笑みはじめるという考え方もあるはずだ。どう考えても、今のこの状況はおかしい。

加えて、この町とその住民に一気にいや気がさした。死ぬのがいやというだけでなく、なによりもルーアンで死ぬのがいやだった。ルーアンで死ぬこと、ルーアンの住民のあいだで死ぬことほど、ひどいことはないとさえ思われた。連中にとってはこんな光栄なことはないのだろうな、あの馬鹿どもにとったら……痛みに因るらしい軽い譫妄《せんもう》状態の中で僕は思う。車に乗ったこんな若いカップルがいた。僕は信号待ちの彼らに近づいた。ディスコ帰りだろう。そんな感じだった。僕は病院への道を訊《き》く。女はいらついた感じで簡単に道順を言う。沈黙タイム。僕はほとんどしゃべれず、どうにか立っているという状態だ。とてもひとりで病院に行けるような状態ではない。僕は彼らを見つめる。無言で彼らの慈悲を請いつつ、この二人には自分たちがなにをしているのかの自覚がないのだろうかと考える。そして信号が青になる。男が車を発進させる。あとで二人は自分たちの取った態度が間違ってなかったかどうか、ひと言でも意見を交わしただろうか？　それさえも怪しい。

ついに思いがけずタクシーが見つかる。僕はいかにも何気ないふうに病院に行きたいと伝えようとする。しかしあまりうまくいかない。もう少しで運転手に乗車を拒否されるところだった。いずれにせよこの哀れな男は車を発車させる前に、「どうかシートを汚さないでくれ」というようなことを言うだろう。実際、産気づいた妊婦もこれと同じ目に遭うと聞いたことがある。稀にカンボジア系運転手に例外もあるが、たいていのタクシーはみな、妊婦の乗車を拒否するらしい。後部座席に流れ出した体液でいやな思いをしたくないからだ。

いいから行ってくれ！

病院というところは、諸々がスピーディに展開するところだ。あるインターンが僕の担当になり、一通りの検査をする。彼としては、自分の担当中に僕がくたばったりしないことを確認しておきたいのだろう。

検査を終え、インターンは僕のもとへやってきて、僕の病は心膜炎で、当初考えられた心筋梗塞《こうそく》ではなかったと告げる。彼によれば、この二つは最初の兆候がまったく同じなのだそうだ。ところが、しばしば死ぬこともある心筋梗塞と違って、心膜炎はとても軽い病気で、とにかくそれで死ぬ人間はいない。彼は僕に言う。「さぞや怖かったでしょうね」。面倒なので素直に頷くが、実のところ、僕はまったく怖くなかった。僕はただ、あと少しで自分が死ぬと思っただけだ。それと怖いのは違う。

それから僕は救急病棟へ運ばれる。ベッドに座り、僕はうめき声を上げはじめる。そうすると少し楽になる。病室にいるのは僕ひとりだ。自分に遠慮することはない。ときどき、看護師が様子を見にやってきて、ほとんどずっとうめき声が途切れないのを確認し、去っていく。

夜明けがやってくる。隣のベッドに酔っ払いが運びこまれてくる。僕は相変わらず、静かに規則正しくうめき声を上げている。

八時頃、医師がやってくる。彼の話では、僕はこれから心臓疾患病棟に移されるらしい。それから苦痛を和らげるための注射を打ってくれるらしい。もっと早くそれを思いついてくれてもよかったのに、と思う。実際、僕は注射ですぐに寝入る。

目が覚めると、枕元にティスランがいる。取り乱しているものの、僕に再会できて嬉しそうだ。僕は彼が心配してくれたことに少し感動した。彼はあちこちに電話をかけた。彼は僕がホテルの部屋にいないのを発見し、パニックになった。農務省地方局、警察署、パリの僕らのオフィス……。彼はまだ少し心配そうだ。たしかに鉛色の顔や点滴のせいで、どう見ても僕は健康ではない。僕は彼に説明する。これは心膜炎というやつで、たいした病気じゃない。二週間もしないうちに良くなるよ。彼は医者の意見を看護師に尋ねるが、彼女はそういうことは分からないと言う。彼は、医者でも、病棟の責任者でも、誰でもいいから、話を聞かせてくれるようにと頼む。結局、件《くだん》の宿直インターンが待望の安心材料を与えてくれる。

ティスランが再び僕のところへ戻ってくる。彼は僕に請け負って言う。講習会は僕がひとりで片付けるよ。会社には僕が電話しておく。全部僕にまかせといてくれ。それより、なにか必要な物があるかい？　ないよ、今のところは。それから彼は友情いっぱいの、こちらを元気づける笑顔で出ていく。僕はほとんどすぐに眠りにつく。

5

「この子らはわたしのもの、この財はわたしのもの」愚かな者はこんなふうに話し悩む。すでに自己が自分のものではないのである。ましてどうして子が自分のものであろうか。どうして財が自分のものであろうか。

（『真理《ダンマ》のことば《パダ》』第五章）

人は病院にすぐに慣れる。丸一週間、僕は相当深刻なダメージを受けていて、動いたり、話したりまったくしたくなかった。しかし周りの様子は見えていた。人々は雑談を交わし、互いに自分の病気の話をしている。そうした熱に浮かされたような愉しげな様子は、健康な人間にはいつも少し不謹慎に見える。病室には面会に訪れる家族の姿もある。まあ概ね不平を言う患者はいない。みんな自分の境遇に満足げだ。相当不自然な生活様式を強いられ、しかも自分の身にリスクを抱えているにもかかわらずだ。なにしろ心臓疾患病棟においては患者のほとんどに、とどのつまり死の危険があるわけだから。

五十五歳のこんな工員がいた。彼は六度目の入院だった。彼は医師だの、看護師だの、みんなに挨拶《あいさつ》をする。明らかに、ここにいることを喜んでいる。しかし私生活では、日曜大工をしたり、庭いじりをしたり、とても活動的な男なのだ。僕はその女房にも会った。気立てのよさそうな女性だった。二人は五十を過ぎてもそんな風に愛し合っている。それだけでほろりとさせられる。しかし彼は病院に着いてからというもの、一切の意欲を放棄している。大喜びで、その身を科学の手に委《ゆだ》ねている。しっかり段取りが組まれている以上、それは仕方がない。彼はそのうちこの病院で死ぬ。それは明らかだ。しかしそれすら段取りの内なのだ。彼が僕には馴染みのない用語を混ぜながら、いかにも貪欲《どんよく》に医師に話しかけるのを何度も見かけた。「それで私の気胸と静脈案件をどうするんです?」こんな調子で、とにかく彼は自分の静脈案件に固執する。彼は毎日その話をしている。

彼と比べ、自分は可愛げのない病人のような気がする。実のところ僕は自分を取り戻すのに、かなりの困難を感じていた。まさしく奇妙な体験というやつだ。たとえば自分の脚が、精神と隔たりのある別の物体、たまたま精神と結びついてはいるが、どうもちぐはぐに繋がっている物体のように思える。たとえば自分が動く四肢の集まりであることがどうもしっくりこない。ところが四肢は人間にとって必要なもの、きわめて必要なものなのだ。それなのにどうしてもそれらが奇妙なもの、得体の知れないものに思えてしまう。とりわけ脚にそれを感じた。

ティスランが二度、見舞いにきた。ちょっと愛らしかった。彼は僕に本と菓子を持ってきた。彼はなんとしても僕を喜ばせたいと思っていた。それがよく分かったので、僕は本を頼んだ。しかしあまり読書する気分ではなかった。僕の精神はふわふわと頼りなく、当惑気味だった。

彼は看護師についていくつかエロチックな冗談を言ったが、それはもう仕方のない、当然のなりゆきなので、腹が立ったりはしなかった。そもそも職場の暑さのせいで、看護師がたいてい制服の下にほとんど衣類を着けないのは事実だ。下はブラジャーとパンティのみ。それが透けて丸見えなのだ。そこには明白に、軽いが持続的な性的緊張がある。おまけに彼女たちに触られたり、自分も裸に近い格好だったりするのだから尚更だ。やれやれ、病んだ体もまだ快楽を求めている。「参考までに」言っておくが、この最初の週にかぎっては、僕自身のエロチックな感覚はほとんど麻痺《まひ》状態にあった。

僕に他の面会人がないことを、看護師や他の患者が不思議がっているのはよく分かった。だから僕はおおまかな事情を説明した。ルーアンへは仕事で来ていて、倒れたんです。土地勘もないし、知り合いもいません。要するに、僕は、たまたまここにいるんです。

それにしたって、今の状態を伝えたり、知らせたりしたい人間はいないんですか？

それが、いないんです、ひとりも。

二週目はまた少し辛かった。僕は回復期に入り、退院したいという気持ちを表に出すようになった。俗な言い方をすれば、元気になってきた。菓子を携えたティスランの姿はもうない。彼は今頃ディジョンの人々の前で、得意な出し物を披露しているにちがいない。

月曜日、朝、たまたまラジオでニュースを聞いた。学生がデモを終了し、当然ながら、要求どおりの成果を得た。一方、国鉄のストは開始からいきなり厳しいムードだ。公的な労働組合はストライキ参加者の非妥協と暴力で身動きがとれない状態にあるらしい。つまり世界は持続している。闘争は続いている。

翌日、会社から電話がかかってきた。この難しい任務を回されたのは、上司の秘書を務める女性だった。彼女は完璧にやった。定石どおりあらゆる点に気を遣いながら、とにかくみんな僕の回復がなにより大事だと思っていると念を押す。しかし彼女の知りたいことは、僕が予定通りラ・ロッシュ＝シュル＝ヨンに行けるかどうかなのだ。僕は答えた。さあ、まだ分からない。でも出張に行くことこそ僕が身《み》悶《もだ》えするほど望んでいることだけど。彼女は笑った。ちょっと馬鹿みたいだった。もともとかなり馬鹿な女なのだ。前から分かってはいたけれど。

6

ルーアン－パリ

翌々日、僕は退院した。医者の思惑より少し早めだったかもしれない。普通、医者はなるべく長く患者を引き止めておこうとする。ベッドの稼働率が上がるからだ。しかし休暇時期ということもあって、慈悲心が出たのかもしれない。それに主任医師は僕に約束していた。「クリスマスはお家で過ごせますよ」それが彼のセリフだった。まあ「お家」か、どこかで過ごすのは間違いない。

僕は例の工員のところに別れの挨拶にいった。彼は前日、手術したばかりだった。医師の話では、手術は非常にうまくいったらしいが、どうみても彼は死にそうだ。

彼の女房が僕に言った。どうぞリンゴのタルトを召し上がってちょうだい。主人はものを飲み込む元気がないの。僕は承知した。タルトはうまかった。

「がんばれよ、若いの!」別れ際に彼が言った。僕も彼に同じことを言った。まったく彼の言うとおりだ。がんばろうという気持ちは、とにかくなにかの役に立ちそうだ。ルーアン－パリ間。ちょうど三週間前、同じ道を逆に辿った。あれからなにが変わっただろう? 小さな集落は相変わらず、平穏な幸せの約束のように遠くの谷間で靄に煙っている。草は青々としている。いい天気だ。空にはくっきりと小さな雲が浮かんでいる。どちらかといえば春のような日差しだ。しかしもう少し遠くの土壌は水に浸っている。柳の隙間に、ゆっくりと揺れる水面が見える。泥だ。ねっとりとしていて黒い。足を踏み込めばずぶりと沈む。

同じ車両のそう遠くないところで、ひとりの黒人が、ウォークマンを聴きながら、J&Bをラッパ飲みしている。通路の真ん中で、酒瓶を片手に左右に体を揺らしている。おそらく危険な輩《やから》だ。その目にはさほど敵意はないが、僕はあまり目を合わせないようにする。

どこかの重役らしき男が、僕の正面の席に移ってくる。例の黒人が気に障ったのだろう。それにしてもこの男、なんでこんなところにいるのだろう! 一等車に行けばいいのに。ここで落ち着けるわけがない。

男はロレックスの時計をし、シアサッカーのスーツを着ている。手帳を持つ左手の薬指にはほどほどに上等な金の結婚指輪を嵌めている。顔は四角く、誠実そうで、割と感じがいい。年齢は四十代だろう。クリーム地のYシャツをよく見ると、いくらか濃いクリーム色の細いストライプが浮き上がってくる。ネクタイは細くも太くもない。そしてもちろんレ・ゼコー紙を読んでいる。いや、ただ読んでいるのではない。貪《むさぼ》り読んでいる。まるでこれを読むか読まないかで、人生の行方が左右されるかのようだ。

彼を見ないようにするには、窓の外を向いているしかない。奇妙なことに、往きに見たように、今また太陽が赤くなった気がする。しかしだからなんだ。真っ赤な太陽が五つあろうが六つあろうが、僕の瞑想の行方は変わらない。

僕はこの世界が好きじゃない。やっぱり好きじゃない。僕は自分の生きている社会にうんざりしている。広告には反吐がでる。コンピュータには吐き気がする。コンピュータ技術者という僕の仕事は要するに、照合すべきもの、合致させるべきもの、合理的判断の基準を増やすことだ。なんの意味もない。はっきりいって、ネガティブなものでさえある。ニューロンにとっては、無用なかさばりだ。この世界で、余計な情報ほど要らないものはない。

パリに入る。相変わらずいやな街だ。ポン＝カルディネのしみったれた旧駅舎の向こうには間違いなく、くたばりかけた老人がたくさん住んでいる。その傍らには可愛い猫のプーセットがいて、彼らの年金の半分をフリスキー・ビスケットにして食ってしまう。たわむ架線が、重なりあい、もつれあい、メタリックな構造物になる。そして繰り返し現れる広告。避けることのできない、不快で、けばけばしい広告。「壁の上の楽しい目くるめくスペクタクル」馬鹿げている。馬鹿げていて、くだらない。

7

アパルトマンに戻ったが、特になんの感動もなかった。郵便物はエロチックなおしゃべりダイアル（〈ナターシャ生喘ぎダイアル〉）の督促状と、〈トロワ・スイス〉からの長い手紙のみ。手軽な通信販売サービス〈シュシュテル〉開始の知らせだ。会員特典として、お客様は今すぐにでもこのサービスをご利用いただけます。システム部門スタッフ一同（楕円《だえん》の写真）は、総力挙げてクリスマスの営業開始に間に合うよう尽力いたしました。そして今日、こうして〈シュシュ・コード〉を配布できることを、トロワ・スイス営業代表は誠に喜ばしく思っています。

留守番電話が件数一を表示している。少し驚いた。しかし間違い電話だったのだろう。留守を告げるメッセージに対して、こちらをさげすむような疲れた女の声が「哀れな奴……」と言って、電話はすぐに切れた。要するにパリに未練はなかった。

いずれにせよヴァンデ〔フランス西部、大西洋に臨む県。県庁所在地はラ・ロッシュ＝シュル＝ヨン〕には行くつもりだった。ヴァンデにはバカンスの思い出がたくさんある（結局あまりいい思い出はないが、それはいつものことなのだ）。そうした思い出のいくつかを、僕は動物小説にかこつけて描写している。『ダックスフントとプードルの対話』というタイトルの小説で、思春期の自伝と呼ぶこともできるだろう。最後の章で、一方の犬がもう一方に、若い飼い主の机の中に見つけた手記を読んで聞かせる。

「去年の八月二十三日頃、僕はサーブル＝ドロンヌの浜を、プードルと一緒に散歩していた。プードルが海風と陽光の移り変わりをいかにも屈託なく愉しんでいるのに対し（とりわけその日の午前の終わりは、清々《すがすが》しく、気持ちがよかった）、僕は振り払おうとしても振り払えない考え事でがんじがらめになり、頭の中に雲がかかり、その重さに打ちひしがれ、顔をがっくりと落としていた。

この時、偶然、僕はひとりの少女の前で立ち止まった。年齢は十四前後だろうか。父親とバドミントンかなにか、ラケットと羽根を使うゲームをしている。彼女の服装はまさにシンプルこの上ないものだった。というのは水着姿で、おまけにおっぱいが丸出しだった。しかしながら、この段階ではまだ、辛抱して話の続きを聞いてもらうほかない。彼女のあらゆる挙動は、絶えず他人を惹きつけておこうとする企ての顕《あらわ》れだ。彼女は球を打ち損なうたび両腕を挙げる。体の前面にくっついたすでにそれなりの形をした黄土色の二つの球体も魅力ではあるが、なにより動作に添えられた残念そうだけど楽しそうな、つまり生きる喜びに満ち溢《あふ》れた笑顔がいちばんの武器だ。彼女はその笑顔を半径五十メートル範囲にいる思春期の男みんなに振舞う。特筆すべきは、それが著しくスポーティでアットホームな活動の最中であることだ。

彼女の小さな企《たくら》みが、効果を発揮しないはずがない。僕は早速それに気がついた。通りすがりの少年たちは彼女の近くまでくると上半身を前後左右に揺らす。歩くスピードが大幅にダウンする。素早い動作で少女が彼らを振り返る。髪が一瞬乱れるが、あくまでもおちゃめだ。まさにこの時、彼女は最も魅力的な獲物ににこっと笑顔を浴びせ、すかさず同じくらい魅力的な動作で、打ち損じないよう羽根を叩く。

こうして僕は、数年来とり憑《つ》かれているテーマに、またしても自分が引き戻されるのを感じた。なぜ少年や少女はある一定の年齢になると、互いにナンパしたり、気を引こうとしたりに時間を費やすようになるのだろう?

『それは性欲に目覚めるからさ。それ以外の何物でもない』とそつなく答える人間もいるだろう。この意見はよく分かる。僕自身、長らく同意見だった。こういうふうに言っておけば、イデオロギーの世界で幾つもの輪郭を絡ませ合う冷たい不透明な思想に対してさも蘊蓄《うんちく》があるような顔ができる。そして強い求心力を持つ良識を自分のものにしているような顔もできる。したがって既成事実的なこの大前提にまともにぶつかるというのは、大胆どころか自殺行為ということになるだろう。それをやるつもりはない。思春期の人間に性欲があること、それが強いことを否定するつもりなんて毛頭ないのだ。そもそも、そうしたことはカメでも感知する。しかもカメは、そんな悩み多き時期にある若い主人をそっとしておいてやる。ただ、奇妙な現象が立て続けに起こるなどして、根拠や整合性のある手がかりを得るうちに、もっと奥深くに隠れた力、欲望を発散するまさに瘤《こぶ》のようなものが存在するのではないかと、僕が考えるようになったのも事実だ。これまでそれを人に話したことはない。矛盾だらけの無駄話をして、他人から概ね認められてきた、精神的健康という信用を失いたくなかった。しかし僕の確信は今やはっきりと形になった。そして今こそ、それを話す時だ。

事例ナンバー一。ある若者のグループを検討してみよう。彼らはパーティ、あるいはブルガリアでのバカンスを共にしている。彼らのあいだには、もとからのカップルが一組混じっている。仮に少年をフランソワ、少女をフランソワーズとしよう。きっと具体的で、平凡で、観察しやすい事例になるだろう。

若者たちには好きなように娯楽活動をさせる。ただし予め無作為に決めておいた一定時間に、隠しておいたハイスピードカメラで、彼らの体験を撮影する。ある程度、観測を続けると、フランソワーズとフランソワが全体の三七パーセント近い時間、キスを交わし、ベタベタと触れ合い、要するに互いに最大の愛情を相手に捧げていることが分かる。

今度は煩わしい社会環境を無くして、つまりフランソワーズとフランソワだけにして、同じ実験を繰り返してみる。愛撫《あいぶ》の割合は一七パーセントに急低下する。

事例ナンバー二。今度はブリジット・バルドーという可哀相な娘の話をしようと思う。いや冗談ではない。本当に、高校の最終学年の時のクラスに、バルドーという名の娘がいた。父親がそういう苗字《みょうじ》だったからだ。僕はその父親について二、三の情報を入手した。彼はトリルポールの近くでスクラップを売っていた。母親の方は職を持たず、専業主婦だった。こうした人々はめったに映画に行かない。賭《か》けてもいいが、わざわざ出向いたことなどないはずだ。おそらく新婚当時でさえたまたま楽しんだ程度だろう。つらい話だ。

ブリジット・バルドーは、出会った頃、十七歳の青春真っ盛りで、本当にブスだった。そもそも彼女は非常に太っていた。デブ、それも異常なデブだった。肥満した体の節々で肉がぶざまにたるんでいた。しかし、たとえ彼女がその後の二十五年間、最も過酷なダイエットを続けたとしても、境遇はたいして変わらなかっただろう。というのは彼女の肌は赤く、ざらざらで、にきびだらけだった。そして顔の面積が広く、のっぺりと丸く、そこに小さな目がめり込み、艶《つや》のない髪がまばらにくっついていた。彼女を見ると、いやでも豚に譬えたくなる。それはどうしようもないし、当然だった。

彼女には同性の友人がいなかった。当然、異性の友人もいなかった。したがって彼女は完全に独りだった。誰も彼女に話しかけない。たとえ物理の解き方を知りたくても、彼女には話しかけない。他に当たろうとするのが常だ。彼女は教室へやってきて、それから下校する。学校以外で彼女を見たという話は一度も聞いたことがない。

授業では、何人かの人間が彼女の隣の席になる。みんなその巨大な存在に慣れてしまっている。無視している。からかうこともない。彼女は哲学の授業での討論に参加しない。何事にも参加しない。火星にもここまで静かな環境はあるまい。

さすがに彼女の親は彼女を愛していたと思う。夕方、帰宅してから、彼女はいったいなにをするのだろう？　自分の部屋ぐらいあるだろうし、ベッドと、幼い頃から持っているぬいぐるみぐらいあるだろう。きっと親とテレビを観るのだろう。暗い部屋。そして流出する光に溶けあう三人の人間。それ以外思い浮かばない。

それなら日曜日はどうだろう。近しい親戚《しんせき》が上辺だけの好意で彼女の相手をしてやったにちがいない。そして従姉妹《いとこ》たちの姿が思い浮かぶ。おそらくは美人だろう。むかむかしてくる。

彼女は性に関してなにか夢を抱いていただろうか？　抱いていたとしたら、どんな夢だろう？　ロマンチックな夢だろうか、ロマンス小説のような？　彼女にあれやこれや夢見ることができたとは考えにくい。医学を学ぶ上流階級の若者が、いつか彼女とオープンカーで、ノルマンディ沿岸の修道院を旅してまわりたいなと思っている、そんなのは夢のまた夢だろう。最初からすっぽりと頭巾《ずきん》をかぶっているなら話は別だが。そうすればアヴァンチュールにミステリアスな様相が加わる。

ホルモンのメカニズムは正常に機能していたはずだ。それを疑う根拠はない。だとしたら？　それだけでエロチックな夢を見るには十分だろうか？　彼女は男の手が自分の段々になった腹の間でもたもたするところを想像するのだろうか？　自分の性器にまで降りてくるところを想像するのだろうか？　僕は医学に答えを当たってみる。医学ではなにも分からない。バルドーについては解明できていないことがたくさんある。だから実際試してみた。

　セックスまではいかなかった。僕はただ、順調にいけばそうなるかもしれない最初の数歩を踏み出したにすぎない。もっと正確にいえば、十一月の初め、僕は彼女と話すようになった。放課後に二、三、言葉をかけた。二週間ただのそれだけだ。それから二、三度、数学についての質問をした。すべてとても慎重に、目立たぬように行った。十二月の中頃、僕は、偶然を装って、彼女の手に触れるようになった。そのたび彼女は電気ショックを受けたように反応した。これはかなり驚くべきことだった。

　僕らの関係がピークに達したのは、クリスマスの直前だった。その時、僕は彼女を電車（実際はディーゼルカー）まで送っていった。駅までの距離は八百メートル以上あるのだから、惰性の行動ではなかった。この現場を人に見られてもいた。だいたい僕はクラスの人間に多少とも病人のように看做されていた。だから実をいえば、人に見られたところで、僕の社会的イメージが受けるダメージはほんのわずかだった。

　ホームの真ん中で、この夕、僕は彼女の頬にキスをした。口づけはしなかった。そもそも彼女がそれを許さなかっただろう。たとえ彼女の唇と舌が男性の舌との接触を絶対に知らないとしても、それでも彼女は、この作業が思春期の恋愛の理想的コースにおいて、どういう時期、どういう場所で行われるべきか、はっきりとした観念を持っていた。実地の流動的な条件による修正や緩和の機会がなかっただけに、それはいっそうはっきりとした観念だった。

クリスマス休暇のあと、僕は急に彼女と話すのをやめた。駅の近くで僕を目撃した男子生徒はその出来事を憶えていないようだった。しかし僕はとても不安だった。いずれにせよ彼女とつきあうのは、当時自慢ですらあった僕の精神力を以《も》ってしても、まだ難しかった。なぜなら彼女は醜いだけでなく、とりわけ性格が悪かった。フリーセックスのあおりをまともに食らった彼女は（それは八〇年代初頭のことで、エイズはまだ存在していなかった）、当然、処女性の倫理的価値なんてものを自慢にできなかった。そのうえ自分の状況の言い訳に『ユダヤ＝キリスト教の影響』を持ち出すには、彼女は賢すぎ、明晰《めいせき》すぎた（いずれにせよ両親が無信仰者だった）。要するにあらゆる逃げ道が塞《ふさ》がれていた。彼女にできることは、黙って臍《ほぞ》を噬《か》みながら、他の娘たちが解放されていくのを見ていることだけ。少年たちが他の娘たちの周りで蟹《かに》のようにひしめきあうのを眺めることだけ。他人のあいだに関係が結ばれ、ことが行われ、オルガスムが広がっていくのを感知することだけ。他人が悦びを誇示する傍らで自分が静かに崩壊していくのを徹底的に味わうことだけ。彼女の思春期はこんなふうに展開する運命だったし、実際こんなふうに展開した。嫉妬《しっと》と欲求不満はゆっくり発酵し、これ以上ない憎悪の塊になった。

結局、これはあまり威張れた話ではない。あまりにも滑稽で、残酷さを拭えない。たとえばある朝彼女に、こんな言葉をかけたことを思い出す。『あれっ、新しいワンピースだね、ブリジット……』事実を表しているにしろ、反吐が出そうな言葉だ。なぜならその事件は幻覚のようでありながら現実なのだ。**彼女は服装を変えた**。一度などは**髪にリボン**をつけてきた。ああ、それはどうみてもパセリを添えた牛の頭だった！　全人類を代表して僕が彼女に許しを請おう。

愛されたいという欲望は人間のうちに深く存在する。それはとんでもない深部にまで根を下ろしている。そして側根は多方面に広がり、心の構成物にまで入り込んでいる。人生のベースがごっそり恥辱でできているにもかかわらず、ブリジット・バルドーはなにかを望み、期待していた。今もまだ、彼女はなにかを望み、期待し続けているのだろう。まむしなら、とっくに自殺している。人間は恐れを知らない。

性の働きに付随する様々な事象を段階に沿って淡々と冷やかに検討した今、そろそろ最初の問いかけの答えとなる中心定理を示す時かもしれない。あるいは僕の容赦ない理論展開に『待った』をかけたいむきもあるかもしれない。それならどうぞ、と僕は言いたい。『君が例に挙げたのはみんな思春期の出来事じゃないか。たしかにそれは人生のうちの重要な一期間ではあるが、いずれにせよかなり短い一部分にすぎない。したがって君の結論の精巧さ、厳密さに感心はするけれども、それは結局、部分的で狭い範囲の結論だといえないだろうか？』こんな親切な反論には、こう答えよう。思春期は人生の重要な一期間というだけではない。人生というものを、完全に字義どおりに論じることのできる唯一の期間だ。十三歳前後には強い欲動が爆発する。その後、それは徐々に減少する、もしくは型どおりの行動になる。とにかく不活動状態になる。最初の爆発が激しいと、何年も不安定な状態のままになるかもしれない。電気力学で『過渡状態』と呼ばれる状態だ。しかし徐々に振動は遅くなり、ついには侘しい穏やかな長い波になる。この瞬間から決着はついている。その後の人生は死の準備でしかなくなる。より乱暴で大雑把な言い方をすれば、大人は衰弱した青年ともいえる。

さて、性の働きに付随する様々な事象を段階に沿って淡々と冷やかに検討した今、そろそろ最初の問いかけの答えとなる中心定理を示す時かもしれない。以下は簡潔ながら語るべきことを十分に語っていると思うが、いかがだろうか。

『性的行動はひとつの社会階級システムである』

この段階で僕は自分の言論に、これまで以上に、一切の飾りのない、厳密さという鎧《よろい》を着せなくてはいけない。イデオロギー闘争では、敵はしばしばゴール近くにうずくまっている。そしてこちらに隙があれば、憎しみのこもった雄たけびをあげながら襲いかかってくる。危ないのは、最後のカーブの入口で、不注意な思想家は前方から真実の光が射してくるのをその血の気のない額に感じ、早くもそれに酔いしれ、愚かにも背後の警戒を怠ってしまう。僕は前人の轍《てつ》を踏むつもりはない。だから、あなたの脳内のびっくりランプを点灯させつつも、控え目に自分の理論を展開しつづけるつもりだ。ちょうど静かに注意深くシンバルを鳴らすように。そんなわけで、目ざとい読者から出ないわけがない反論については知らんぷりするつもりだ。要するにそれは、僕が二番目の例の中で「愛」という概念をこっそりと導入しておきながら、今のところ性行為のみを拠り所に論を展開している点だ。矛盾している？　一貫していない？　はっはっはっ、笑止！

マルトとマルタンは結婚四十三年。結婚したのが二十一歳の時だから、彼らは六十四歳だ。彼らは自分たちに適用される社会制度に従ってすでに引退生活にある。あるいは引退を間近に控えている。俗に言う、共に人生を終えようとしている状態だ。こうした条件下でなら確実に『夫婦』は実体になる。社会的接触の外であれば当然だ。そして二義的な観点においては、実体の重要さという点で、老齢のゴリラと同レベル、あるいは追い抜くレベルにさえ到達する。僕が思うに、『愛』という言葉が意味を持ちうるとしたら、この枠組みしかない。

僕の論理にいくつか留保があることを示した上で、こう付け加えることもできる。愛という概念は、存在論的には脆《もろ》いが、作用という面において絶大な力を示すあらゆる特性を持っている。あるいは、つい最近まで持っていた。ぞんざいにでっち上げられたその概念は、すぐに大きな支持を集めた。おまけに現代に至っても、愛することをきっぱり敢然と放棄している人間の方が少数派だ。この大成功こそ、愛が人間の本質を成すなんらかの欲求と奇《く》しくも一致していることの証《あか》しだろう。とにかくここが注意深い分析になるか、ただのおしゃべりになるかの分かれ道だ。人間の本質を成すそのなんらかの欲求について、あまり簡単な仮説を立てないよう、僕は肝に銘じる。**どうであれ愛は存在している。その結果が観察できるから**。どうだ、クロード・ベルナールばりのフレーズだろう。ついでにその彼に捧げたい。おお、完全無比の大先生！　あんたがはじめに定めた対象から出てくる観察結果が、一見かけ離れているように見えながら、燦然《さんぜん》と輝くあんたの後光の下に、鶉《うずら》の行列みたいに一つひとつ順番に並んでいくのは、偶然でもなんでもない。たしかに、あんたの定めた実験実施要綱には、絶大な力があるにちがいない。あんたは一八六五年にその類い稀な洞察力でもってそれを定めた。おかげで最も突飛な類いの事実が、まずはあんたの厳格な規則の下できちんと位置づけられてからでないと、科学性という暗黒のバリアを突破できなくなった。ああ不朽の生理学者さま、あんたに敬意を払い、ここにはっきり宣言しよう。間違ってもあんたの治世を縮めるようなことはいたしません。

節度を守り、疑いの余地のない公理の支柱を立てた上で、三つ目の主題にはヴァギナを取り上げてみることにしよう。その見た目とちがって、それは肉切れに開けた穴よりはるかにいいものだ（肉屋の若者が肉切れでマスをかく……そういう慣習がいまだにあるのは承知している！　だからといって僕の思考のブレーキがかかることはない！）。実際、ヴァギナは種《しゅ》の再生産のためにある、あるいは最近まではそのためにあった。そう、種である。

過去の物書きの中には、ヴァギナとその付属物を連想させるのに、目印としてぽかんとした阿呆面《あほづら》とか、目をまん丸にむくところを強調すればいいと考える連中がいた。逆に下品でシニックな世界に耽《ふけ》った腐生菌のような連中もいた。熟練パイロットである僕は、こうした対称的な暗礁から等距離を保って、自分の船を進めていくつもりだ。

尚都合が良いのは、この二等分線に沿って進めば、正しい理論の国への広くて妥協のない進路が開けるということだ。今、お目にかけた三つの崇高な真実は、知恵のピラミッドを形成する三面体とも看做せるはずだ。そしてこの前代未聞の見事なピラミッドは、懐疑の海を軽々と飛びこえる。ここまで言えば、その三つの真実の重要性はもう十分に伝わるはずだ。とはいえ、その規模とごつごつした性質から、それが依然として砂漠の真ん中に突っ立つ三本の花崗岩《かこうがん》の柱（たとえばテーベの野原で見かけるような）のイメージであるのは否めない。そうしたつっけんどんな柱の前に読者を置き去りにするのは、態度として不親切だろう。それにこの概論の真意にもそぐわない。そんなわけで、これから僕が話すさまざまな副次的命題は、愉快な螺旋《らせん》となって、冒頭の公理の周りにからまることになるだろう……」

もちろん作品は未完だ。そもそもダックスフントはプードルが論文を読みきる前に寝てしまう。それでも、いくつかの指標から作品が真理を有していることは推測できる。そして、それが簡単なフレーズが二、三あれば表現できるものだということも。結局、僕は若かった。面白半分だった。それはヴェロニクに会う前だった。それだけでも良い時代だった。そういえば十七の時分、世間について相容れない意見や衝突する意見を表明していた頃、バー〈コライユ〉で出会った五十代の女性に言われたことがある。「そのうち分かるわ。歳を取るにつれ、物事はすごくシンプルになるの」実に彼女は正しかった！

8

再び牛の世界へ

五時五十二分、刺すような寒さの中、列車はラ・ロッシュ゠シュル゠ヨンの駅に入った。町は物音ひとつしない。完璧に静まりかえっている。「まあいいさ！」僕はひとりごちた。「田園の散歩でもすればいい……」

僕は住宅街の、ひと通りの少ない、というか実際にひとのいない通りを進んだ。最初、僕はそれぞれの住宅の特徴を比較してみようと思った。しかしどうも難しかった。まだ夜が明けていなかった。僕はすぐに投げ出した。

早朝にもかかわらず、何人かの住人はすでに起床していた。僕が通り過ぎるのをガレージからじっと見ている。僕がここでなにをしているのか、訝《いぶか》しんでいる様子だ。訊かれても、うまく答えられなかっただろう。事実、僕がここにいる正当な理由はなにもない。実をいえば、ここだろうがどこだろうが理由がないのは同じことだ。

それから僕は文字通りの田園に辿りついた。囲いがあって、その向こうに牛がいる。あたりはほんのり青く、夜明けが近いことを示している。

僕は牛に目をやった。寝ている牛はほとんどいない。すでに草を食《は》みはじめている。なるほど理に適《かな》っていると思った。きっと少し動いた方が寒くないのだろう。僕は牛たちを好意的に観察した。彼らの朝の平安を乱すつもりはまったくなかった。数頭が囲いのところまで寄ってきた。鳴いたりはせず、僕を見た。牛の方も僕をそっとしておいてくれる。いい気分だ。

そのあと僕は農務省地方局に向かった。ティスランはすでに到着していた。彼はこちらが面食らうほど熱を込めて僕の手を握った。

そこの部長がオフィスで我々を待っていた。どちらかといえば感じのいい男であることはすぐに分かった。見るからに好人物だった。けれども彼は、僕らが提供することになっている技術面のアナウンスをまったく受け入れない。なんでも近代化すればいいというでもいいんです、と彼は僕らにはっきり言った。なんでも近代化すればいいという理由で、自分の仕事のやり方を変えるつもりは毛頭ありません。物事はご覧のとおりうまく運んでいます。これからだってそうでしょう。少なくとも私がいるかぎりはね。

この男が僕らの来訪を受け入れたのは、単に省庁といざこざを起こしたくなかったからだ。僕らが帰った途端、彼はソフトを棚の中に仕舞うだろう。そして二度と触ることはない。

こうした条件下での講習会は、明らかに楽しい冗談か、時間つぶしのためのおしゃべりのようなものだ。僕はそれでも一向にかまわない。

その後の数日を通して、僕はティスランが壊れはじめていることに気がつく。彼はクリスマスのあと、スキーをしに、若者向けバカンスクラブへ行くそうだ。つまり「ダサいオヤジお断り」といった類いの、ダンスパーティと、寝坊すけのための朝食が用意されているような、早い話、セックスするためにあるようなクラブへ行くのだ。しかしそうした展望を口にしながら、わくわくした様子もない。まるきり期待していない感じだ。ときどき、メガネの向こうの目が僕の上で泳ぐ。なにかに取り憑かれているようだ。僕にも覚えがある。二年前、ヴェロニクと別れた直後、僕も同じ思いをした。地面を転げまわったり、剃刀《かみそり》で手首を切ったり、メトロでマスをかいたり、自分がそんなことをしかねないと感じたとしよう。そんなことをしても誰も注意を払ってくれない。なにもしてくれない。まるで透明で、破れない、完璧なフィルムによって、世の中から隔離されているようなものだ。また別の日にティスランはこんなことを言った（彼は酔っていた）。「スーパーに並んだラップの掛かった鶏腿肉の気分だ」彼はこうも言った。「水槽のなかのカエルの気分だ。そもそも僕はカエルに似てるだろ？」僕は静かに応じる。「ラファエル……」咎《とが》める口調。彼はびくっとした。初めて僕がファーストネームを呼んだからだ。彼は取り乱して、それ以上なにも言わなかった。

その翌朝、朝食の場で、彼はココアのカップをじっと見つめ、それから物思いに耽るようにぽつりと言った。「ちくしょう、二十八にもなって僕はまだ童貞だ！」予想はしていたが、やはり驚いた。その時の彼の説明によれば、残ったプライドが邪魔をして、彼はいまだに娼婦《しょうふ》を買ったことがないのだそうだ。僕はそのことで彼を叱った。少しきつい口調だったかもしれない。彼はその晩、週末でパリに帰る直前に、再び自分の見解を説明した。場所は農務省地方局のパーキングだった。街灯がげんなりするような黄色い光を放っていた。空気はじっとりと冷たかった。彼は言った。「そりゃあね、僕だって考えたさ。その気になれば、毎週だって女は買えるだろう。土曜の夜なんてうってつけだ。そうすれば僕もようやくそれができるだろう。でも同じことをただでやれる男もいるんだぜ。しかもそっちには**愛までついている**。僕はそっちでがんばりたいよ。今は、もう少しがんばってみたいんだ」

当然、僕はなにも言えなかった。しかし物思いに沈んだままホテルに帰った。やはり、と僕は思った。やはり僕らの社会においてセックスは、金銭とはまったく別の、もうひとつの差異化システムなのだ。そして金銭に劣らず、冷酷な差異化システムとして機能する。そもそも金銭のシステムとセックスのシステム、それぞれの効果はきわめて厳密に相対応する。経済自由主義にブレーキがかからないのと同様に、そしていくつかの類似した原因により、セックスの自由化は「絶対的貧困化」という現象を生む。何割かの人間は毎日セックスする。何割かの人間は人生で五、六度セックスする。そして一度もセックスしない人間がいる。何割かの人間は何十人もの女性とセックスする。何割かの人間は誰ともセックスしない。これがいわゆる「市場の法則」である。解雇が禁止された経済システムにおいてなら、みんながまあなんとか自分の居場所を見つけられる。不貞が禁止されたセックスシステムにおいてなら、みんながまあなんとかベッドでのパートナーを見つけられる。完全に自由な経済システムになると、何割かの人間は大きな富を蓄積し、何割かの人間は失業と貧困から抜け出せない。完全に自由なセックスシステムになると、何割かの人間は変化に富んだ刺激的な性生活を送り、何割かの人間はマスターベーションと孤独だけの毎日を送る。経済の自由化とは、すなわち闘争領域が拡大することである。それはあらゆる世代、あらゆる社会階層へと拡大していく。同様に、セックスの自由化とは、すなわちその闘争領域が拡大することである。それはあらゆる世代、あらゆる社会階層へと拡大していく。ラファエル・ティスランは、経済面においては勝者の側に、セックス面においては敗者の側に属している。何割かの人間はその両方で勝利し、何割かの人間はその両方で敗北する。企業は何割かの大学卒業者を取り合う。女性は何割かの若い男性を取り合う。男性は何割かの若い女性を取り合う。混乱、動乱、著しい。

少し経って、僕はホテルを出た。断固、酔っ払うつもりだった。僕は駅の前に開いているカフェを見つけた。数人の若者がピンボールをしている。客はほとんど彼らだけだった。三杯目のコニャックを飲み干し、僕はジェラール・ルヴェリエのことを考えはじめた。

ジェラール・ルヴェリエというのは国民議会の職員で、ヴェロニクと同じ課に勤めていた（彼女はそこで秘書として働いていた）。ジェラール・ルヴェリエは二十六歳だった。そして月に三万フラン稼いでいた。しかしジェラール・ルヴェリエは内向的で、鬱《うつ》気味だった。十二月のある金曜の晩（月曜、週が明けても職場に出る必要はなかった。彼は特に目的もなく二週間の「クリスマス休暇」を取っていた）、ジェラール・ルヴェリエは帰宅後、頭にピストルの弾を撃ち込んだ。

彼が死んだというニュースに、国民議会の職員はあまり驚かなかった。なにより彼は、ベッドひとつ購入するのに困難を感じる人間として知られていた。数ヶ月前からベッドを買う決心はついている。しかし考えれば考えるほど計画の実現が不可能に思われてくる。こうした逸話は往々にして軽い嘲笑《ちようしよう》とともに広まった。だけどどこも可笑《お》《か》しくない。今の時代に、ベッドを購入するというのは、実際問題、恐ろしく困難なことだ。そして自殺に追い込まれることだって十分にありうる。まず配達時の準備をしなくてはいけない。すると普通なら半日休暇を取ることになり、なにかと面倒が生じる。時によっては配達人がやってこなかったり、ベッドが階段を通らなかったり。まあそれは半日休暇を追加すればすむ。これらのごたごたは、家具と家庭用品にからんで何度でも生じる。それに因る煩わしさが重なるだけでも、神経質な人間をぐらつかせるには十分かもしれない。ところがベッドは、あらゆる家具のなかでも、特別に、ひどく痛ましい問題をもたらす。もし売り手の尊敬を失いたくなければ、ダブルベッドを買わなくてはいけない。役に立つ立たない、置く場所のあるなしに関係なく。シングルベッドを買うということは、自分に性生活がなく、そういう見通しが近い将来にも遠い将来にもないのを公表することである（なぜなら今時のベッドは長持ちするからだ。保証期間より遥《はる》かに長持ちする。五年、十年、いや二十年を見越した買い物だ。深刻な投資である。実質上、残りの人生すべてのための投資なのだ。平均するとベッドは結婚よりも長持ちする。人はそれをいやというほど知っている）。とはいえ百四十センチ幅のベッドを買う程度では、売り手にとってはまだ、客はしみったれた、がりがりのプチ＝ブルである。売り手にしてみれば、百六十センチ幅のベッドだけが購入に値するサイズなのだ。客はそのサイズを買ってはじめて、敬われ、一目置かれ、同意の微笑を受ける資格を得る。売り手はとにかく百六十センチ幅のベッドのためにしかその微笑を浮かべない。

ジェラール・ルヴェリエが死ぬ日の夕刻、職場に彼の父親から電話があった。彼が席を外していたので、代わりにヴェロニクが電話に出た。父親からの伝言はただ、すぐに電話をくれというものだったが、彼女はそれを彼に伝えるのを忘れてしまった。したがってジェラール・ルヴェリエは父親のメッセージを知らぬまま六時に帰宅した。そして頭にピストルの弾を撃ち込んだ。ヴェロニクは職場で彼の死を知らされた日の夜、僕にその話をした。そして、そのことで自分は「少し打撃を受けている」のだと言った。鉤《かぎ》カッコの中身は彼女自身の言葉だ。彼女はこの先、繰り返し罪悪感、後悔を感じるだろう、と僕は思った。とんでもなかった。次の日にはすでに忘れていた。

ヴェロニクはいわゆる「分析」を受けていた。今、僕は彼女と出逢《であ》ったことを後悔している。より一般的な言い方をすれば、分析を受けた女性から得るものはなにもない。精神分析医の手にかかると、女性はもう決して、どんな用途にも向かなくなってしまう。僕はそれを何度も目の当たりにした。この現象は精神分析の副作用ではなく、間違いなくその第一義と考えるべきである。自我を再構築すると称して、実のところ精神分析はむちゃくちゃな人間破壊を行う。無垢《むく》、寛大、純粋……そうしたすべては、精神分析の野卑な手にかかって、あっという間に破壊されてしまう。ぬくぬくと報酬を得ている、気取り屋で、愚かな精神分析医たちは、患者を自称する女性たちの精神的な愛および肉体的な愛に対する適性を完全に永久に根絶する。事実、彼らの振る舞いは正真正銘の人類の敵である。エゴイズムの冷酷な一派である精神分析は、この上ないシニスムでもって、ちょっと道に迷っただけの正直な娘たちに襲いかかり、彼女たちを汚らしい売女《ばいた》や、とんでもない自己中心主義者に変えてしまう。そうなると彼女たちは嫌悪の対象でしかありえなくなる。精神分析の手にかかったことのある女性には、どんな場合でも、どんな信頼も寄せてはいけない。そういう女性は卑小で、自己中心的で、横柄で、モラルの観念が完全に欠落しており、愛することが慢性不能である。これが「分析された」女性の余すところのない肖像だ。

言っておくが、ヴェロニクはこの特徴になにからなにまで一致していた。僕は彼女を愛せるかぎり愛した――これは大量の愛情を意味する。その愛は無益に浪費されたのだと、今は分かる。両腕をへし折ってやればよかった。彼女はおそらくはずっと前から、鬱気味の女がみなそうであるように、エゴイズムに陥りやすい、くじけやすい状態にあったのだ。しかし彼女の精神分析医は取り返しのつかないやり方で、彼女を意識も感情もない本当の下司《げす》――光沢紙で包まれたゴミ屑《くず》――に変えてしまった。彼女はヴェレダ社のホワイトボードを持っていた。そこには普通「グリンピース」とか「クリーニング」といったことが書かれていた。ある晩、「カウンセリング」から戻ってきた彼女はそこに「下劣には、なればなるほどよい」というラカンの文章を書きつけた。僕は笑った。僕はたしかに間違っていた。そのフレーズは、まだその段階では「プログラム」にすぎなかったが、彼女はそれを徹底的に実行に移していった。

ヴェロニクが留守だったある晩、僕は精神安定剤を一瓶飲んでしまった。僕はパニックになって消防署に電話をした。ただちに病院に行き、胃洗浄とか、そんなようなことをしてもらう必要があった。要するに僕はもうちょっとで死ぬところだった。あのアバズレ（これほどぴったりな呼び名があろうか？）は見舞いにも来なかった。

「帰宅」（といってよければ）した僕を出迎える言葉として、彼女が見つけたセリフは、あなたはエゴイストで、おまけにだめな人だわ、だけだった。彼女はこの事件を、僕が彼女に余計な心配をかけるためにわざとやったと解釈していた。彼女は「ただでさえ仕事の悩みで手一杯」なのに。あの下劣なクソアマはこうも言った。あなたは「愛情につけこんだ脅し」をしようとしているのよ。これを思い出すと、なんであの女の卵巣を斬り刻んでやらなかったのかと悔しくなる。まあいい、過去のことだ。

あの晩のことも思い出す。彼女は自分の家から僕を追い出すために、警察を呼んだ。なぜ「自分の家」なのか？　アパルトマンの名義が彼女の名前になっていたからだ。それに彼女は僕より家賃を払う回数が多かった。これが精神分析の第一作用というやつなのだ。つまり精神分析は犠牲者の、滑稽なくらい、ほとんど呆《あき》れるくらいけち臭い、しみったれたところを助長する。分析医にかかっている人間とカフェに行ってみるまでもない。そういう人間は必ず勘定書の些《さ》細《さい》な点にケチをつけはじめ、仕舞いにはギャルソンといざこざを起こす。とにかく、その晩、三人の馬鹿警官がトランシーバーを持ち、誰よりも人生が分かっているような顔をしてそこにいた。僕はパジャマだった。そして寒さに震えていた。テーブルクロスの下、両手でテーブルの脚を握り締めていた。なにがなんでも抵抗し、力ずくでしか連行できなくしてやろうと決心していた。その間、例のアバズレは連中に家賃の領収書を見せ、ここが自分のアパルトマンであることを証明しようとしていた。おそらく彼女は彼らが警棒を持ち出すのを期待していた。その晩も彼女は「カウンセリング」を受けていた。卑しさ、エゴイズムの蓄えは目盛りいっぱいに回復していた。しかし僕は譲らなかった。僕は補足捜査を要求した。そしてそこにいた阿呆な警官は退去せざるをえなかった。結局、僕はその翌朝、自分の意志で家を出た。

9

海賊の館《やかた》

「近代的であるまいとすることが、突然どうでもよくなった」

ロラン・バルト

土曜の早朝、僕は駅前の広場でタクシーをつかまえる。車は僕を乗せてサーブル＝ドロンヌに出発する。

町を出るまでに幾重にも重なった霧を抜ける。その後、町外れの交差点を過ぎると、完全な濃霧の海に入る。道も風景もすっかり飲み込まれている。なんの区別もつかない。かと思えばときどき、樹木や牛が不意に、つかの間、ぼんやりと姿を現す。とても美しい。

海辺に着くと、いきなり霧が晴れた。風だろう。かなり風があるにちがいない。しかしほぼ快晴だ。雲は速いスピードで東に移動している。運転手にチップを払い、僕はプジョー五〇四から降りる。運転手はチップ分のお愛想で「よい一日を」と言う。ちょっと億劫な感じだ。僕がこれから蟹かなにかを獲りにいくのだろうと思っている。たしかに最初のうち僕は浜辺に沿って散歩する。海は灰色で、荒れ気味だ。特に感慨はない。僕は長々と散歩する。

十一時頃、浜辺に人が出はじめた。子供や、犬を連れている。僕はくるりと向きを変える。

サーブル＝ドロンヌの浜辺の外れ、港を取り囲む桟橋の先に、古い家々とロマネスクの教会が建っている。まったく派手なところはない。どっしりと頑丈な石で、嵐に耐えるようしつらわれた建造物だ。そして実際、何百年も嵐に耐えている。この地の漁師のかつての生活がありありと目に浮かぶ。小さな教会での日曜日のミサ、戸外に風が吹く日、岸壁に波が打ちつける日に催される信者の集会。それは困難で危険な仕事に支配された、気晴らしのない、揉《も》め事のない人生だ。威厳に満ちたシンプルで素朴な人生だ。十分くだらない人生でもある。

そうした家々のすぐ傍に、バカンス客向けの白い近代的な高級マンションが並んでいる。十階建から二十階建の棟が集まって一つのまとまりになっている。建物の土台は階段状のテラスになっていて、一番低層はパーキングにしつらえてある。僕は時間をかけて一つひとつの棟を見てまわった。それで分かったが、ほとんどの住居から海が見えるらしい。いろいろと手の込んだ設計になっている。この季節なので、ひとけはない。そしてコンクリートの間を吹き抜ける風の音は、殺伐としたものがある。

次に僕は最も新しくて、最も豪華な棟を目指した。今度の棟は海の目の前、実際に海まで数メートルという位置に建っている。棟には〈海賊の館〉という名前がついていた。一階はスーパーマーケット、ピザ屋、ディスコから成る。三軒とも休みだ。モデルルームの案内板が立っている。

今度は不快感が押し寄せてきた。バカンスシーズンになり家族が〈海賊の館〉に戻ってくるところが思い浮かぶ。彼らはそれからレストランに海賊風エスカロップを食べにいき、末娘は「古き良きホーン岬」スタイルのディスコにはしゃぎにいく。段々むかついてくる。しかしどうにもできない。

少し経つと、腹が減った。ワッフル屋の店頭で、僕はある歯医者と意気投合した。まあ意気投合というのは言い過ぎで、店員が戻ってくるのを待つ間、二言、三言、言葉を交わした。どういうわけか、彼は自分が歯医者だと僕に知らせるべきだと思っていた。基本的に僕は歯医者が嫌いだ。僕は連中のことを金満主義の化け物だと思っている。生きる目的といえばもっぱら、できるだけたくさん歯を抜いてコンバーチブルタイプのベンツを買うことだけ。そしてこの男も、その例外ではなさそうだった。

ちょっと馬鹿げているが、またしても僕は、自分がここにいることの正当化が必要だと思った。だから僕は彼に、〈海賊の館〉に部屋を買うつもりだとか、そんなような作り話をした。彼はすぐに話に乗ってきて、ワッフルを片手に良い点、悪い点を長々と検討し、ついにその投資が「価値のあるものに思える」という結論を下した。さもありなん。

「もちろん、価値がある！」

10
寄港《レスカル》

ラ・ロッシュ＝シュル＝ヨンに戻り、僕はユニコ社のステーキナイフを買った。僕にはある計画の輪郭が見えはじめている。

日曜日はあったかどうかも分からない。月曜日はとりわけ鬱陶《うっとう》しかった。ティスランがひどい週末を送ったことは訊くまでもない。やっぱりねと思う。もう十二月二十二日だった。

翌日の夜、僕らはピザ屋に食事に行った。なるほどウェイターがイタリア人のような雰囲気を醸していた。いかにも毛むくじゃらで、いかにもモテそうだ。心底、いやな感じがする。それに彼は僕らのスパゲッティをぞんざいに、実に無神経に、テーブルに置いた。もし、僕らがスリットの入ったスカートを穿いていれば、もっと違った展開だったはずだ！

　ティスランはワインをがぶ飲みしている。僕は昨今のダンスミュージックのいくつかの傾向について話をしている。ティスランに反応はない。聞いてもいなかっただろう。しかし僕がロックからスローバラードに曲が変わるあの古臭い局面を挙げ、ナンパの手管としての確固たる特徴を示した際に、彼の興味は再燃した（彼個人にこれまでにスローバラードで踊る機会があったかどうか？　たしかなことはまったく分からない）。僕は攻撃に移った。

「どうせ君、クリスマスにはなにか予定があるんだろう。おそらくは実家で……」

「クリスマスにはなにもしない。僕はユダヤ人だから」ほんの少し自慢げに彼は言った。

「というか、親がユダヤ人だから」彼はより控え目に言い直した。

　このニュースで僕は数秒、言葉につまった。しかし結局のところ、ユダヤ人か否かで、なにかが変わるだろうか？　万一、なにかが変わるとしても、僕には計りしれないことだ。僕は続けた。

「だったらイヴの夜になにかするとかしないか？　サーブル＝ドロンヌに〈レスカル〉ってディスコがあるんだけど。すごくいい感じの……」

自分の言葉がいかにも胡散臭《うさん》かった。僕は恥ずかしさを覚えていた。しかしティスランはもはや、こうした微妙な点に注意が払えなかった。「客がいると思う？　僕のイメージだと、イヴの夜ってのは、どちらかといえば家族かぞくしたイメージだけど……」これが彼の可哀相な、悲壮な反論だった。もちろん、大晦日《おおみそか》の方が人出はずっと多いだろう、と僕は認めた。「たしかに女の子は大晦日に男と寝たいなあと思っている」僕は威厳たっぷりに言った。しかしだからってイヴがどうでもいいというわけではない。「女の子は親やらお婆ちゃんやらと一緒に牡蠣《かき》を食べ、プレゼントを貰う。でも零時を過ぎると、ディスコに繰り出す」僕は乗りに乗っている。本気でそうだと思って話している。思ったとおり、ティスランの聞き分けはよくなった。

翌日の夜、ティスランは身支度に三時間かけた。僕はホテルのロビーでひとりドミノをしながら、彼を待った。僕はひとりで敵ふたり分の手も打った、ひどく退屈だった。同時に、少し不安だった。

彼は黒のスーツに、金色のネクタイ姿で現れた。髪型にはひどく苦労したにちがいない。ジェルという製品は、こんなはずじゃなかったという結果を生む。黒いスーツがまだしも救いになっていた。可哀相な若者だ。

まだ一時間近く時間があった。二十三時半より前にディスコに行くなんて問題外だ。この点は絶対に外せない。手短かに意見を交わし、僕らは夜中のミサを見物しにいった。司祭は人々のあいだに現れた大きな希望の話をしている。それについて、僕にはなんの異論もない。ティスランは退屈している。なにか別のことを考えている。僕はだんだんうんざりしてきた。しかし、しっかりしていなくてはいけない。例のステーキナイフはビニール袋に入れ、助手席に置いてあった。

〈レスカル〉は難なく見つけられた。言っておくが、僕がかつてそこで過ごした夜は、かなり悲惨なものだった。もう十年以上も昔のことだ。しかし悪い思い出というのは、人が考えているほどすぐには消え去らない。

ディスコにはそこそこ人が入っていた。十五歳から二十歳までの客が多かった。ティスランのささやかなチャンスを一挙に根絶やしにしてしまう要素だ。たくさんのミニスカート、胸元の開いたビスチェ、要するにぴちぴちした肉体。ティスランが露骨に目を見開いて、ダンスフロアを見回している。僕はバーボンを頼みにカウンターへ行った。戻ってくると、彼はすでにダンスの輪の端の方に立ち、もじもじしている。

僕は小さな声で「僕もすぐに行くから……」と言って、テーブルに向かった。テーブルが少し高いところにあるおかげで、作戦の舞台が実によく見渡せた。

ティスランが最初に目を付けたのは、二十歳くらいのブルネットの娘だった。どこかの秘書だろう。なかなかいい選択だと褒めてやりたい。第一に、その娘は特に美人でもないし、ナンパされそうにもない。胸は大きいことは大きいがすでに垂れかかっており、尻にも張りがなさそうだ。あと二、三年もすればすっかりラインが崩れてしまうだろう。第二に、そのあまりに大胆な服装に、セックスの相手を見つけたいという気持ちがはっきりと顕れている。動くたび、軽いタフタ地のワンピースがめくれ上がり、ガーターベルトと黒いレースの紐パンティが露わになる。尻が丸見えだ。そして最後に、その真面目そうな、強情そうな顔つきからして、慎重な性質《たち》と思われる。こういう娘は、まず間違いなくバッグの中にコンドームを持っている。

数分間、ティスランは彼女から遠くない場所でダンスを踊った。前に出した手を元気よく振り、いかに音楽に乗っているかを示す。二度、三度、手拍子を打ったりもした。しかし娘はまったく彼の存在に気がつかない。したがって曲の切れ目を利用して、彼は自分から彼女に話しかけた。彼女は振り返り、冷たい目で彼を一瞥《いちべつ》した。そして彼から遠ざかるためにフロアの反対側へ渡っていった。身も蓋《ふた》もなかった。

予想通りの展開だ。僕は二杯目のバーボンを頼みにカウンターへ立った。

戻ってくると、たった今、何事かが変化したことを感じた。ひとりの少女が隣のテーブル席に座っている。ひとりだ。彼女はヴェロニクよりはるかに若く、十七歳かそこらだろうに、恐ろしくヴェロニクに似ていた。非常にシンプルな、だっぽりした、ベージュ色のワンピースを着ている。ボディラインがあまり強調されない服だ。わざわざ強調するまでもない。ふくよかな腰。きゅっと締まって滑らかな尻。ウエストからのしなやかなラインに沿って、丸く、たわわで、柔らかい胸まで、手を滑らせる。自信たっぷりに腰に手を置き、丸く立派なヒップにぴったりと寄り添わせる。すべてに覚えがあった。目を閉じるだけで蘇《よみがえ》ってくる。その顔までが浮かんでくる。その丸くあどけない顔に示された、女性らしい穏やかな魅力、自分の美しさへの自信。すぐに駆けだして自分の脚力を試そうとする、若く、まだ快活な牝馬の朗らかさ。自分の裸体にうっとりし、永遠に求められる対象であることをはっきりと自覚しているイヴの安らぎ。別れてからの二年がなにも消し去っていないことに、僕は気がついた。僕は一気にバーボンを飲み干した。ティスランが戻ってきたのはこの時だった。彼は軽く汗をかいていた。彼は僕に話しかけてきた。隣の娘を誘うつもりが僕にあるのかどうか知りたかったのだろう。僕は返事をしなかった。吐きたくなっていた。それに勃起していた。まったくまずい展開だ。僕は「ちょっと失礼……」と言って、ダンスフロアを横切り、トイレへ向かった。ドアを閉めるなり、喉に指を二本突っ込んだ。しかしゲロの量はほんのわずかで、期待外れだった。それから僕は首尾よくマスをかいた。最初はたしかに、少しヴェロニクのことを考えた。しかしあとはもっぱらヴァギナ一般のことを考えた。そしてそれは鎮静した。射精は二分後に突如訪れた。一緒に自信と確信が戻ってきた。

席に戻ると、ティスランが例のヴェロニクもどきと会話していた。彼女は穏やかに、いやな顔もせずにティスランを見ている。この娘は上等な娘だ。そうにちがいないと思う。ただし、それでどうなるものでもない。僕はすっかりすれっからしだ。恋愛という観点からすれば、ヴェロニクも僕やみんなと同じく「犠牲になった世代」なのだ。きっと彼女にも愛が可能だった時代があったのだろう。自分ではまだ可能だと思っていたかもしれない。僕という恋人が良い証拠だ。しかし、それはもう不可能だった。愛とは、めったに開花することのない、人が関与する、のんびりとした現象である。いろいろと特別な、めったに揃うことのない精神的条件、つまり現代の特徴である自由な気風とあらゆる点で対立する諸条件が揃ってはじめて開花する。ヴェロニクはディスコだの、恋人だのを経験しすぎていた。こうしたライフスタイルは人間を衰えさせる。時に深刻な、永遠に取り返しのつかないダメージを与える。愛というのは、無垢さや、幻想を抱く能力、異性全体をひとりの恋人に集約する能力と同じく、不特定多数のセックスパートナーがいて当たり前の生活を送っていては、たいてい一年持たない。二年持つなんてありえない。実際、思春期に性経験を重ねることで、センチメンタルで現実離れした次元に自分を投影する全能力は蝕《むしば》まれ、猛スピードで破壊される。次第に、というか実際にはかなり早い段階で、みんなすれっからしの売女並の恋愛能力しかなくなる。当然の展開として、売女人生を送ることになる。歳を取るにつれ、魅力も減少し、ゆえに苦い思いをするようになる。若者に嫉妬し、ゆえに憎む。この憎しみは、告白できぬまま化膿《かのう》し、次第に燃えるように熱くなる。それから次第に衰え、そして消える。忽然《こつぜん》と消える。あとに残るのはもう苦渋と不快感のみ。病と、死を待つ時間のみ。

カウンターでボーイと交渉し、バーボンのボトルを七百フランで手に入れた。席に戻る途中、身長二メートルの若い電気技師とぶつかった。「おい！　具合が悪そうだぜ」彼は僕に言った。どちらかといえば友好的な口調だった。僕は「甘ったるい、人の情け……」と返しながら、彼を見上げる。鏡に映った自分の顔に気がついた。ゆがんだ笑みのせいで、はっきりと感じが悪かった。電気技師は諦めたように首を振った。

僕は酒瓶を片手にダンスフロアの横断にかかる。あと少しでテーブルというところ、レジの近くで僕はつまずき、前に倒れこんだ。誰も僕を起こそうとしなかった。頭上でダンス客の脚が揺れていた。斧《おの》で全部切り落としてやりたかった。照明が耐えられないほどまぶしかった。僕は地獄にいた。

少年と少女のグループが僕らのテーブルに座っていた。おそらくはヴェロニクもどきのクラスメイトだろう。ティスランは踏ん張ってはいるものの、はみ出しかけていた。彼は徐々に会話の外へ排斥されつつあった。事はあまりにも明白だった。そして少年のひとりが自分が奢《おご》るとみんなをバーに誘った時、ティスランは暗に締め出された。それでも彼は一緒に立ち上がる振りをした。彼はヴェロニクもどきの視線を捕らえようとした。無駄だった。彼は考えを変え、どすんと椅子に腰を下ろした。頭を抱え込んで小さくなった。僕がいることさえ気づいていない。僕は自分のグラスに酒を酌んだ。

ティスランは一分以上動かなかった。それからびくっと痙攣《けいれん》が起こった。おそらくは「絶望のエネルギー」と俗に呼ばれているものに起因するのだろう。彼はいきなり立ち上がり、僕の前をすり抜けて、ダンスフロアに向かった。表情はにこやかで、毅《き》然《ぜん》としている。それでも、やはり彼は醜かった。

彼は躊躇なく、金髪でとてもセクシーな十五歳の少女の前に立った。彼女は丈の短い、非常に薄手の、純白のワンピースを着ている。ワンピースは汗で体に張り付いている。そしてひと目で、下になにも着けていないことが分かる。その丸くて小さな尻の形がくっきりと浮かび上がる。茶色い乳首がぴんと勃《た》っているのがはっきり分かる。DJがレトロナンバーの時間を告げたところだった。

ティスランは彼女をダンスに誘った。ちょっと不意を衝《つ》かれて、彼女はオーケーした。『Come on everybody』の出だしから、彼のたがが外れはじめているのを僕は感じた。彼は少女の体を乱暴に振り回す。口も利かない。腹黒い感じだ。少女の体を自分に引き寄せるたび、ここぞとばかりに尻に手を張り付ける。曲が終わるとすぐに、少女は同じ年頃の少女たちの方へと駆けていった。ティスランは相変わらずフロアの真ん中にいる。意地になっているようだ。少しよだれを垂らしている。先程の少女が彼を指差して、仲間になにか話している。少女たちはぷっと噴き出しながら、彼を見ている。

ちょうどこの時、ヴェロニクもどきが仲間と一緒にバーから戻ってきた。彼女は黒人の少年と盛り上がって話している。黒人というより、有色人種の血が混じった少年というべきだろう。少女より少し年上だ。二十歳ぐらいと見た。彼らは僕らのテーブルのすぐ傍に座った。擦れ違いざまに、僕はヴェロニクもどきに親しげに軽く手で合図を送った。彼女は驚いて僕を見たが、なにも返してこなかった。

DJは二曲目のロックに続けて、スローバラードをかけた。ニノ・フェレールの『ル・スュッド』だった。見事なスローバラードだ。それは認めざるをえない。例の混血少年はヴェロニクもどきの肩に軽く触れた。同意の下で、彼らは立ち上がる。ちょうどこの時、ティスランが戻ってきた。そして少年と出くわした。ティスランは両手を広げ、口を開いたが、なにかを話す時間はなかったと思う。混血少年は静かに、スマートに彼から遠ざかった。そして数秒後、二人はダンスフロアにいた。

二人は素晴らしいカップルだった。ヴェロニクもどきは背が低い方ではない。おそらく百七十センチはあるだろう。しかし少年は彼女より頭ひとつ大きかった。彼女は安心して彼の体に身を預けた。ティスランは僕の隣に腰を下ろした。手足が震えている。彼はカップルを見ている。心を奪われている。僕は一分近く待った。そういえば、この曲は、延々と続くのだった。それから僕は彼の肩を静かに揺すって、何度か彼の名を呼んだ。

「ラファエル……」

「僕になにができる?」彼は言った。

「オナニーしてこい」

「もう駄目だと思うかい？」

「そうだとも。ずっと前から駄目なんだ。最初から駄目なんだよ。ラファエル、君は絶対に、若い娘が抱くエロチックな夢をかなえられない。仕方がないものと諦めなくてはいけない。自分はこういった物事に縁がないことを受け入れることだ。いずれにせよ、手遅れなんだ。いいかい、ラファエル、セックス面における敗北を君は若い頃から味わってきた。十三歳から君につきまとってきた欲求不満は、この先も消えない傷跡になるだろう。たとえ君がこの先、何人かの女性と関係を持てたとしても――はっきりいってそんなことはないと思うけど――それで満たされることはないだろう。もはや、なにがあっても満たされることはない。君はいつまでも青春時代の恋愛を知らない、いってみれば孤児だ。君の傷は今でさえ痛い。痛みはどんどんひどくなる。容赦のない、耐え難い苦しみがついには君の心を一杯にする。君には救済も、解放もない。そういうことさ。しかしだからといって復讐《ふくしゅう》の道さえ閉ざされているわけではない。君がそれほどまでに欲しいと思う女たちを、君だって、自分のものにすることはできる。それどころか彼女たちのもっと上等なものを、自分のものにできる。おい、ラファエル、彼女たちのもっと上等なものとはなんだ？」

「美しさ、とか?」彼は言ってみた。

「いや、美しさじゃない。それは間違いだってことを、はっきり言っておく。ついでにヴァギナでもないし、愛でもない。だってそんなものはみんな、死んだら終わりだ。要するに君は、今すぐにでも、連中の命を自分のものにすることができるんだ。今夜から、人殺しになれ。いいか、ラファエル、これは君に残された最後のチャンスだぞ。君にナイフを突きつけられ、女たちが震え、命と引き換えにその若さを差し出してきたら、その時こそ、君は本当の支配者になる。その時こそ、連中はすっかり君のものになるんだ。身も心もね。もしかしたら犠牲になる前に、連中は君に美味《おい》しいお菓子までくれるかもしれない。ナイフ一本だよ、ラファエル、それがものすごい味方になる」

彼は相変わらずカップルを見つめている。二人は抱き合ったまま、ダンスフロアをゆっくりと巡っている。ヴェロニクもどきの一方の手は混血少年の腰にべったりと張り付き、もう一方は彼の肩に置かれている。静かに、おずおずとティスランは言った。「僕はあの男のほうを殺したい……」僕はこの時、自分の勝利を実感した。急にほっとした。そしてティスランと自分のグラスに酒を注いだ。

「なあ、おい!」僕は大声を出した。「なにを迷うことがあるんだ?……まあ、いい!

それなら、黒人のガキをひとり殺《や》ればいい！……いずれにせよ、連中はそのうち二人で店を出る。それは間違いない。当然、奴があの女の体に手をつける前に殺るんだ。とにかくナイフはある。車の助手席にある」

十分後、カップルは本当に二人で店を出た。僕は立ち上がった。勢いで酒瓶も摑《つか》む。ティスランは素直に僕に従った。

屋外は奇妙なくらい生暖かく、暑いくらいだった。パーキングで少女と少年のあいだで、つかの間、密談が交わされた。二人はスクーターに向かった。僕は車の助手席に着いた。袋からナイフを取り出した。ぎざぎざの刃先が月の光の下で見事に輝く。二人はスクーターに乗る前に、長々と抱き合った。美しくて、とても甘い光景だった。僕の隣ではティスランがずっと震えている。彼の性器に精子がじめじめと溜まっていくのが分かる。彼は落ち着きなく車の機器をいじり、ヘッドライトを点けて消した。少女が目を細めた。それをきっかけにカップルは出発した。僕らの車は二人に付いて静かに発進した。ティスランが僕に質問した。

「どこでやるつもりだろう？」

「おそらくは女の家だろうな。それが一番普通だ。でもその前に連中を止めないと。

脇道に入ったら、この車をスクーターにぶつけてやろう。おそらく少し気を失うだろうから、難なく奴の息の根を止められるぞ」

車は海岸沿いの道を滑走する。前方、ヘッドライトの灯りの中に見える少女は、恋人の腰にしがみついている。沈黙の後、僕は再び口を開いた。

「より万全を期するなら、轢《ひ》いてしまったほうがいいかもしれない」

「奴ら、まったく警戒してないな……」彼は嬉しそうに言った。

いきなりスクーターが右の道に入った。海へと続く道だった。意外だな、こういうのは。僕はティスランにスピードを落とすよう言った。カップルのスクーターは少し進んだところで止まった。少年はまず盗難防止のチェーンを巻き、それから少女を連れて砂丘へと歩いていった。

入口の砂丘を越えると、浜の様子がよく分かった。海はもう足元まで迫ってきている。波はほとんどない。浜辺は大きなカーブを描く。満月の光が水面でゆらゆら揺れている。カップルは南の方向へ、波打ち際に沿って遠ざかっていく。外は段々暖かくなる。異常な暖かさだ。六月のようだ。なるほど。僕が連中でも、やっぱり海辺で、素晴らしい星空の下でセックスするだろう。僕はティスランにナイフを渡した。彼は無言で出発した。

僕は車に戻った。ボンネットに寄りかかり、砂の上に腰を下ろした。バーボンのボトルに口をつけ、二口、三口飲む。僕は運転席に乗り込み、海に向かって車を進めた。少し軽率な行動だったが、僕の耳にはエンジンの音は押し殺したような、かすかな音にしか聞こえない。夜は誘うように、優しい。このまま海に直進したくて仕方がない。ティスランはなかなか戻ってこない。

戻ってきた時、彼はひと言も話さなかった。手に長いナイフを握っている。刃がすうっと光る。血の痕《あと》は見られない。ふっと少し悲しくなった。ついに彼が口を開いた。

「行ってみたら、二人は砂丘の谷間にいた。彼女はもうワンピースも、ブラジャーも脱がされていた。おっぱいは月の光に照らされてすごく綺麗で、たわわだった。それから彼女はくるりと体の向きを変え、男の上に馬乗りになった。奴のズボンのボタンを外した。彼女がフェラチオを始めた時、僕は我慢できなくなった」

彼は黙り込んだ。僕は待った。海はじっと動かない。湖のようだ。

「僕は向きを変えて、砂丘の谷間に入った。二人を殺ろうと思えば殺れただろう。二人はどんな物音も気にしてなかった。まったく僕の方に注意を向けなかった。僕はオナニーした。二人を殺したくなかった。血はなんの解決にもならない」

「血なんていたるところにある」

「ああそうだ。精子だって、いたるところにある。もう、いやだ。僕はパリに帰る」

一緒に乗っていかないかとは彼は言わなかった。僕は立ち上がった。僕は海に歩きだした。バーボンのボトルはほとんど空だった。僕は最後の一滴を飲み干した。振り返ると、砂浜には誰もいなかった。車の発進する音さえ聞こえなかった。

ティスランとは二度と会えない運命だった。彼はこの夜、パリへの帰途、自動車事故で死んだ。アンジェ近辺はかなり霧が出ていた。彼はいつものように、べろべろに酔って運転していた。彼のプジョー二〇五GTIは、センターラインからはみ出したトラックと思い切り正面衝突した。彼は即死した。明け方だった。翌日はキリストの誕生を祝う休日だった。家族から会社に連絡があったのは、丸三日は経ってからだ。葬儀はすでにしめやかに行われ、終わっていた。つまり花輪とか、代表の挨拶といったあらゆる社交辞令はカットされた。この悲しい死について、そして霧の中を運転する難しさについて、みんなは二、三見解を述べた。そして仕事に戻った。そしてそれで終わりだった。

ティスランの死のニュースを聞きながら、僕は思った。少なくとも彼は、最後まで奮闘した。若者向けバカンスクラブ、ウィンタースポーツ系バカンス……。少なくとも彼は、諦めたり、降参したりしなかった。延々と失敗を重ねても、最後まで愛を探し求めた。僕は知っている。ひとけの無い高速道路で、二〇五GTIのシャーシに潰され、黒のスーツと金色のネクタイ姿で血まみれになりながら、彼の心中にはまだ闘争も、欲望も、闘争心も残っていた。

第3部

1

「もちろん、裏を読めばだが！　みんなほっとしているのさ……」

ティスランが発ったあと、僕はよく眠れなかった。マスをかいたのだろう。目覚めると、全体がべたべたしていた。砂が湿り、冷たい。僕は本当にうんざりしていた。ティスランがあいつを殺《や》らなかったことが残念で仕方なかった。日が昇ろうとしていた。

人家までは数キロあった。僕は立ち上がり、歩き出した。ほかになにができる？煙草は湿っていたが、なんとか吸えた。

パリに帰り、郵便物の中に技術学校同窓会からの手紙を見つけた。クリスマス向けに美味しいワインとフォアグラを特別価格で提供するという内容だった。このダイレクトメールはどうしようもなくタイミングが遅い、と僕は思った。

翌日、僕は会社に行かなかった。これといった理由はない。ただ行きたくなかった。カーペットの上にしゃがんで、通信販売のカタログをめくった。〈ギャラリー・ラファイエット〉のパンフレットの中で、「今日このごろ」というタイトルの、人類についての興味深い記事を見つけた。

「多忙な一日の終わりに、デザインのシンプルなソファー（スタイナー、リーン・ロゼ、チナ）に深々と腰を下ろす。流れるジャズに耳を傾けながら、自慢のダーリ〔インドの伝統的な平織りのラグ〕の図案や、壁紙（パトリック・フレイ）の陽気さに見惚《みと》れる。バスルームでは、白熱の一セットに備え、タオル一式（イヴ・サン＝ローラン、テッド・ラピドス）が出番を待っている。そして友人達とのディナーを前に、ダニエル・エシュテルやプリムローズ・ボルディエで演出されたキッチンで、自分の世界を取り戻す」

金曜と土曜、僕はたいしたことはしなかった。そう呼んでよければ、瞑想をした。たしか自殺について、そのパラドクシカルな有用性について考えたのだと思う。たとえばチンパンジーをコンクリートで仕切られた、非常に小さな部屋に閉じ込める。チンパンジーは怒り狂い、壁に体当たりし、自分の毛をむしり、自分の体をひどく嚙み苛《さいな》むようになる。そして七三パーセントが自殺と明言できる形で死ぬ。今度は壁の一面を開放し、底なしの深淵《しんえん》に対峙《たいじ》させる。チンパンジーはぎりぎりまで近づいて、下を見下ろす。彼は長いこと縁に留まる。何度もそこへ戻ってくる。しかしたいていの場合、身を投げたりしない。いずれにせよ、彼のいらいらは根底から鎮まる。

　チンパンジーについての瞑想は土曜から日曜にかけての夜更けにも延々と続いた。そして僕はついに『チンパンジーとコウノトリの対話』と題した動物小説のベースを固めた。実際、その内容は稀にみる強烈な政治批判になっている。コウノトリの一族に収監されたそのチンパンジーは当初、なにかに気を取られたような、放心状態を示す。ある朝、チンパンジーは決然として、コウノトリの長老との面会を要求する。長老の前に引き出されたチンパンジーは、両手を勢いよく空に掲げ、以下のような絶望的な演説を始める。

「あらゆる経済的、社会的システムの中で、資本主義は間違いなく、最も自然なシステムだ。それがすでに、資本主義が最悪のシステムであることを十分に表している。ひとたびそう結論を提示したなら、あとは実地において逸脱のない論証を展開するだけだ。つまり、その機械的な作用が、偶発事から芋蔓《いもづる》式に証拠を引き出し、当初の判断をさらに強化する。これはグラファイトが原子炉の構造をさらに強化したことに少し似ている。まさに、若造向きの楽な仕事である。だからといって私は自分の仕事をないがしろにするつもりはない。

　精子の子宮頸部《けいぶ》への回遊は、種の繁殖にとって圧倒的で、無視できない、まことに重要な現象だが、時折、常識外れの行動を取る精子が観測されることがある。彼らは前方に顔を向け、後方を振り返り、つかの間など、流れに逆らって泳いだりもする。この場合、猛スピードでのたうつ彼らの尻尾《しっぽ》は、既存の存在論に疑問を投げかけているとも考えられる。もし彼らがその驚くべき優柔不断を、なにか特別な敏捷《びんしょう》さで補うことができなければ、たいていの場合、到着に遅れ、結果として遺伝子の再配合という一大イベントにほとんど参加できない。かくして、一七九三年八月、歴史の流れに巻き込まれたマクシミリアン・ロベスピエールの事情もこれと同じだ。玉髄の結晶が砂漠の砂に飲み込まれるようなものだ。もっと良い譬えとしては、運悪く冬直前に生まれ、翼がまだひ弱なため、ジェットストリームの渦中で、正しい方向をキープすることに困難を感じているコウノトリを思い浮かべるといい（いかにも思い当たる話だろう）。ちなみにジェットストリームというのは、ご存じのように、アフリカ周辺でとりわけ激しくなる。それはさておき、もう少し具体的な話をしよう。

　処刑の日、マクシミリアン・ロベスピエールは顎《あご》に怪我をしていた。彼の顎は包帯で固定してあった。死刑執行人はギロチンの刃の下に彼の頭を据える直前、その包帯を剝《は》ぎ取った。ロベスピエールは痛みに悲鳴を上げた。傷口から血しぶきが飛び散った。折れた歯が床にこぼれ落ちた。それから死刑執行人はその包帯を戦利品のように振りかざし、処刑台の周りに集まった群衆に見せびらかした。人々は笑い、野次を飛ばした。

普通、この段階で歴史家は『革命は終決した』と注釈を付ける。きわめて正しい見解だ。

ただ私は思いたいのだ。死刑執行人が、群衆の喝采《かっさい》の中、血の滴る包帯を振りかざした、まさにその瞬間、ロベスピエールの頭の中にあったのは苦しみではなかったと。失敗の念でもない。おそらくは希望か、あるいは、やるべきことをやったという感覚だろう。マクシミリアン・ロベスピエール、私は彼が大好きなのだ」

コウノトリの長老はゆっくりと恐ろしい声でただこう言った。「それは汝である《タット・ワム・アシー》」。程なく、チンパンジーはコウノトリ一族に処刑された。彼は恐ろしい苦しみの中で死んだ。コウノトリの尖《とが》った嘴《くちばし》で突き刺され、ずたずたにされて死んだ。チンパンジーは世界の秩序を改めて問い直したがために、命を落とすことになった。それは本当に納得のいく話だった。本当にもっともな話だった。

日曜の朝、僕は近所にほんの少し外出した。ブドウパンを買った。穏やかで、少し寂しい一日だった。そのへんに転がっているパリの日曜日だ。とりわけ信仰のない人間の場合はこれが普通だ。

2

明けて月曜、念のため職場に顔を出した。課長がクリスマスから元日まで休暇でいないことは知っていた。おそらくはスキーだろう。まるで無人のオフィスにいるみたいだ。誰も僕にほんのわずかな関わりさえ感じていないらしい。今日は一日、キーボードなんかを気ままに叩いていればよさそうだ。不幸なことに十一時半頃、ある男が辛うじて僕を識別する。自ら名乗るところによると彼は僕の新しい上司であるらしい。疑うつもりはない。かなり漠然とではあるが、僕の仕事を多少とも知っているようだ。そうして彼は僕となにか接点を見つけ、仲良くなろうとする。しかし僕は彼にとりつく島を与えない。

正午、半ばやけくそで、営業部の係長と、重役の秘書をしている娘と一緒に食事にいった。彼らと仲良く話すつもりでいた。しかしその機会は訪れなかった。彼らは先からの会話を続けたいらしい。

「カーラジオには、結局、二十ワットのスピーカーにしたよ」係長が話しはじめた。「十ワットだと音が軽いようだし、三十ワットだとまじに値が張るからね。車のレベルを考えると、そんな高いのは要らないよ」

「私の場合」秘書が後に続いた。「車にはスピーカーを四つ載せてるわ。前に二つ、後ろに二つ」

係長は露骨にいやらしい笑みを浮かべた。要するにそんな調子で、それが延々と続いた。

午後は自分のオフィスでさまざまなことをした。その実、たいしたことはしていない。ときどき、スケジュール帳をチェックする。今日は十二月二十九日。なにか、大晦日までにしなくてはならないことがあるはずだ。普通、人は大晦日までになにかをする。

夜、僕は〈ＳＯＳ心の友達〉に電話する。しかし話し中で繋がらない。休暇中はいつもこんな調子だ。午前一時頃、僕はグリンピースの缶を手に取り、浴室の鏡に投げつける。鏡は粉々に割れる。破片を集めている時、怪我をする。血が出はじめる。嬉しくなる。これこそまさに僕の望んでいたことだ。

翌日、午前八時にはもうオフィスにいる。新しい上司もすでに出社している。この馬鹿、ここで寝たんじゃなかろうか？　くすんだ、鬱陶しい霧がビルの谷間のテラスに漂っている。〈コマテック〉のスタッフがオフィスを一つひとつ清掃して回っている。蛍光灯が順々に点いて消える。人生の歩みが少し遅くなるような感覚を覚える。件の新上司がコーヒーをご馳走《ちそう》してくれる。僕を征服することを諦めていないらしい。どちらかというと面倒な仕事を頼まれ、数分で終わると見込んで、うっかりやると言ってしまう。最近、商工省に売ったパッケージソフトのバグ探しだ。いくつもバグがあるらしい。僕は二時間バグを探す。しかしひとつも見つからない。僕は本当にぼんやりしている。

十時頃、ティスランが死んだというニュースが入ってくる。家族からの電話を、秘書がオフィスのスタッフ全員に伝える。追って通知状が送られてくるでしょう、と彼女は言う。僕はにわかにはそれを信じられない。なんだか悪夢の続きのようだ。だが、ちがう、すべて本当のことだ。

その少しあと、カトリーヌ・ルシャルドワから電話がかかってくる。特に用事らしい用事のない電話だ。「また顔を会わせることもあるでしょう……」彼女が言う。まさか、そんなことはあるまいと僕は思う。

正午頃、外出した。広場の本屋でミシュランのナンバー八〇の地図（ロデーズ＝アルビ＝ニーム地方）を買った。オフィスに戻り、それをじっくりと見た。十七時頃、ふいに結論が出た。僕はサン＝シルグ＝ザン＝モンターニュに行かなくてはならない。その名前の文字が、森と、複数の小さな三角形で示された高峰のあいだに広がり、孤高を放っている。三十キロ圏内には小さな集落さえ存在しない。自分はきわめて重要な発見をしつつあるのだと感じる。最終的な啓示がそこで自分を待っていて、大晦日と元日のあいだ、年が変わる瞬間に、自分に訪れるのだと感じる。僕は机の上に「国鉄ストに備え早退」という書置きを載せた。よく考えた末、「体調不良」と太字で書き直した。そして僕は帰宅した。すんなりとは帰れなかった。朝から始まっていた交通公団のストライキがその範囲を広げていた。メトロはもう動いておらず、バスが数本あるのみ。それも路線次第だった。

パリ＝リヨン駅〔パリのターミナル駅のひとつ。ローヌ・アルプス地方のリヨン方面、あるいは南仏へ向かうＴＧＶが発着する〕は実際、戒厳令下と同じ状態だった。機動隊のパトロールが駅の構内を分断し、プラットフォームに沿って巡回している。噂では、ストライキ「強硬派」の行動隊が全ダイヤの発車妨害を決行するということだった。しかし列車はがらがらだし、旅は平和そのものだった。

リヨンのペラシュ駅からは、驚くほど多方向に長距離バスが運行している。モルジヌ行き、ラ・クリュザズ行き、クルシュヴェル行き、ヴァル゠ディゼール行き……。アルデッシュに行きそうなバスは見当たらない。僕はタクシーでリヨンのもうひとつの駅パル゠デューへ行った。そこで十五分間、うんざりしながらちらつく電光掲示板を見つめ、ようやく明朝六時四十五分発のオブナス行きの長距離バスを発見した。その段階で零時半だった。僕はリヨン゠パル゠デューのバスターミナルの構内で残りの数時間を過ごすことにした。おそらくその判断は間違いだった。バスターミナルの上にはガラスとスチールでできた文字通り超近代建築が建っている。五、六層に分かれた階層を、ぴかぴかのエスカレーターが結んでいる。エスカレーターはほんの少し近づけば作動する。あるのは高級ブティックのみ（香水、オートクチュール、インテリア雑貨……）。ショーウィンドーは非常識なくらい攻撃的だ。とにかく役に立ちそうなものを売っている店はない。ビデオモニターがそこらじゅうでビデオクリップやコマーシャルを流している。当然、ＢＧＭを構成するのは最新ヒット曲トップ五〇だ。夜になると、建物は不良と半ホームレスの一団に占拠される。垢だらけで、性悪で、粗野で、頭が空っぽの生き物たち。彼らは血や憎しみや自身の排泄物《はいせつぶつ》の中で生きている。彼らは夜のあいだ、大きなハエが糞《くそ》にたかるように、ひとけのない高級ブティックのショーウィンドーのまわりに集まる。彼らは群れて行動する。こうした環境で孤独を感じるのは無理もない話だ。ビデオモニターの前に佇《たたず》み、なんの反応も示さず、コマーシャル映像に見入っている。ときどき、諍《いさか》いが起き、ナイフ沙汰《ざた》になる。朝、仲間に首を掻き切られた死体が見つかることもたまにある。

一晩中、僕は連中のあいだを彷徨《さまよ》った。少しも怖くなかった。軽い挑発心から、これ見よがしにATMで、キャッシュカードの残額をすべて引き出したりもした。現金千四百フラン。格好の獲物。連中が僕に視線を向けた。彼らは長いこと僕を見つめた。しかし誰も僕に話しかけてこようとしなかった。誰も僕の三メートル以内に近づいてはこなかった。

午前六時頃、僕は計画を諦めた。午後、僕はパリ行きの特急列車に乗った。

大晦日の夜は耐え難いものになるだろう。ガラスの壁が砕けるように、自分の中でいろいろなものが壊れていくのを感じる。僕はがむしゃらに、うろうろと歩きまわる。いてもたってもいられない。しかしなにもできない。なにをやっても失敗する気がする。失敗。失敗だらけ。自殺だけが遠く埒外《らちがい》できらめいている。

零時近くになり、僕は再びそれが内なる分岐点であるように感じる。なにか痛いもの、なにか内的なものが生じる。僕にはもうそれがなにかは分からない。

一月一日、顕著な回復。茫然《ぼうぜん》自失の状態に近づく。それだけでも上々だ。

午後、精神科医に予約を入れる。ミニテルには救急カウンセラーの予約システムがある。自分の都合のいい時間を打ち込むだけで、手すきの臨床医を割り振ってくれる。実に便利だ。

僕に割り振られた医師はネポット医師。ご多分に漏れず六区在住だ。僕の印象では、精神科の医者は六区に多い。僕は十九時三十分に彼の家に着く。その男は途方もなく精神科の医者らしい顔をしている。本棚は非の打ち所なく整頓《せいとん》されている。アフリカの仮面も『セクサス』の初版もない。つまりフロイト信奉者ではない。それどころか『シナプス』の購読者であるらしい。僕にとってはすべてが吉兆に思われる。

アルデッシュ旅行をしそこねた話が彼の興味を引くらしい。彼はその点をもう少し掘り下げて、僕の両親がアルデッシュ地方の出身であることを突きとめた。もう一つの筋道にまっしぐらだ。彼によれば、僕は「アイデンティティの指標」を求めている。あなたの移動はどれもこれもみな「アイデンティティの探求」なのです、と彼は話を大胆に一般化する。そういうこともあるかもしれない。でも、少し疑わしい。たとえば出張などの移動は、明らかに外から押し付けられたものだ。でも僕はあれこれ議論したくない。彼には理論がある。それはいいことだ。結局のところ、いつだって理論がある方がないよりはいい。

奇妙なことに、続けて彼は僕に仕事のことを訊く。わけが分からない。彼の質問が本当に重要だとは思えない。明らかに、見当外れだ。

彼はその意図として、仕事が与えてくれる「社会生活のチャンス」についての話をする。僕は思わず噴き出して、彼を少し面食らわせる。彼は月曜にまた来るようにと言う。

翌日、僕は会社に電話をかけ、「病のぶり返し」を伝える。そんなことなどどうでもいいというような応答。

なにもない週末。僕はよく眠る。自分がたったの三十歳であることに驚く。もっとずっと年老いている気がする。

3

最初の事件は、翌月曜日、十四時頃に起こった。その男が近づいてくるのは、遠くから分かった。僕は少し悲しい気分になった。それは僕の好きな人物で、心が優しく、かなり不幸な男だった。僕は、彼が離婚者であり、もう随分前から娘と二人きりの生活だということを知っていた。それに彼が少し酒を飲みすぎることも。しかしそれはそれ。これと混同するつもりはまったくない。

彼は僕に近づいてきた。挨拶のあと、彼は、僕が詳しいことになっている汎用《はんよう》ソフトについておしえてくれと言った。僕はいきなり泣き出した。彼はすぐに退却した。唖然とし、少し怯えていた。詫びの言葉さえ述べたと思う。かわいそうに、彼はまったく詫びる必要なんてなかったのに。

どう考えても、僕はこの時点で早退するべきだった。オフィスには二人きりだったし、見ている者もいなかった。まだ大事にならずに済む段階だった。

次の事件は、一時間ほどあとに起こった。今度はオフィスにたくさんの人間がいた。娘がひとり入ってきて、面白くなさそうにそこに集まっている人間に目を遣り、結局、僕のところへやってきて言った。あなた煙草の吸いすぎよ、度を越しているわ、つまりは周りの迷惑をまったく考えていないのよ。僕は往復ビンタを返した。彼女は僕を見た。彼女もまた少し唖然としていた。当然、彼女には不慣れなことだった。子供の頃に十分に殴られていないのだろう。一瞬、殴り返されるのではないかと思った。そうなったら、きっと僕はすぐに泣き出してしまうだろう。

一瞬が過ぎ、それから彼女が「ええっと……」と言う。口を開けて馬鹿みたいな顔をしている。今や、そこにいた全員がこちらを見ていた。オフィスは静まりかえっていた。僕はみんなに振り返り、誰に言うともなしに声を張りあげる。「精神科医と約束があるんだった！」そして退出。中間管理職ひとつ消失。

たしかに精神分析医とは約束がある。でも約束の時間まであと三時間もある。ファーストフード店で、ハンバーガーの包装紙を細く裂いて時間を潰すことにしよう。これといったメソッドもなく、達成感はなかった。ただ裂くという単純作業。

医者に自分の奇行を話すと、一週間の休職を命じられる。ついでに療養所で短期過ごしてみてはどうかとも訊かれる。僕はいやだと答える。だって狂人は怖い。

一週間後、僕は再び医師に会う。特に話すことがない。それでも二、三言はしゃべる。医師の螺旋綴《らせんと》じのノートを逆さから読んでいると、彼が「観念形成の衰え」と書き込むのが見えた。やれやれ。つまり彼によれば、僕は馬鹿になりつつある。それもひとつの仮定ではある。

ときどき彼はオシャレな腕時計（鹿毛色の皮革、金色の四角い文字盤）に目を遣る。僕の話はあまりおもしろくないらしい。万一、患者が凶暴化した時に備えて、ピストルを抽出《ひきだし》に入れているのだろうか。三十分後、医師は意気喪失の時期についての一般論をいくつか述べ、僕に療養休暇の延長を命じ、薬の量を増やす。同時に彼は僕の状態に名前があることをおしえてくれる。鬱病というやつだ。これで晴れて、僕は鬱病患者である。ありがたい形式だと思う。僕は自分が特に落ち込んでいるとは感じていない。むしろ周りが浮かれているように思う。

翌朝、僕は職場に再び赴いた。「様子を見る」ために僕に会いたいと課長が言ってきたのだ。思ったとおり、彼はヴァル＝ディゼールでのバカンスから真っ黒になって戻ってきた。しかし僕は彼の目尻《めじり》の小皺《こじわ》に気がつく。彼は記憶の中の彼ほど美しくない。どうしてだろう、僕はがっかりする。

僕はあっさり自分が鬱病だと伝える。彼はやられたという顔をし、それから気を取り直す。それから三十分、対話はころころと転がる。しかし僕は分かっている。僕らのあいだにはもう、目に見えない壁のようなものが聳《そび》え立っている。彼はもう決して僕のことを対等な人間とは見ない。出世株とも見ない。実のところ、彼にとって僕は存在さえしていない。僕は失墜した。いずれにせよ、どうせクビになる。二ヶ月の法定療養休暇が終わり次第。鬱病のケースはいつもそのパターンだ。そういう例を僕はいくつも知っている。

制約の範囲内で、課長はまずまずそつなく振舞う。彼は僕に言う適当な言葉を探す。ある時、彼は言う。

「この業界にいると、ときどき、ものすごいストレスがかかってくる……」

「えっ、それほどでもありませんよ」僕は言い返す。

課長は目が覚めたようにはっとし、会話を打ち切る。彼は最後の一仕事として僕を戸口まで送りとどける。しかし二メートルの安全距離を確保する。いきなりゲロを吐きかけられないかと恐れているようだ。「まあいいさ、休養したまえ、必要なだけ時間をかけてね」彼は締めくくる。
僕は会社を出る。今や晴れて自由人だ。

4
ジャン＝ピエール・ビュヴェの告白

その後の数週間は、断続的に耐え難い局面が訪れる、ゆるやかな崩壊の期間だったと思う。分析医の他には、誰と会うこともない。日が落ちてから、煙草と食パンを買いに外出する。しかしながらある土曜の夜、ジャン＝ピエール・ビュヴェから電話がかかってきた。彼は緊張しているようだった。

「それで？　相変わらず坊さんをやってるのか？」僕は空気を和らげようとする。

「会って話せればいいんだが」

「ああ、会えばいいさ……」

「できれば今からがいいんだが」

僕はそれまで、彼の家に行ったことがなかった。ヴィトリィに住んでいるとしか知らなかった。公営住宅の割にはきれいに整備されている。二人の若いアラブ人がつきまとうような目で僕を見た。僕が前を通り過ぎる時、ひとりが地面に唾《つば》を吐いた。とりあえず僕の顔にではなかった。

住居代は司教区の基金かなにかで賄《まかな》われている。ビュヴェはテレビの前にだらんと座り、うつろな目でバラエティ番組を見ていた。僕を待ちながらかなりの量のビールを空けたのは明らかだった。

「それで？　なんだい？」僕は愛想よく言った。

「前に話したとおり、ヴィトリィは楽な教区じゃない。君が想像する以上に、ひどい状態だ。赴任してからは、青年会を作ろうともしてみた。しかし青年なんてひとりも来やしない。来たためしがない。もう三ヶ月も洗礼式をやってないよ。ミサにいたっては、五人以上集まったためしがないんだ。アフリカ人女性が四人、それからブルターニュ出身の婆さんがひとり。歳は八十二だったと思う。元国鉄職員だ。旦那《だんな》はとっくの昔に死んでいる。子供たちは独立してもう会いにこない。婆さんは今では子供たちの住所も知らないんだ。ある日曜、ミサに婆さんの姿が見えなかった。帰りに家に寄ってみた。彼女、ニュータウンに住んでいるんだ。その辺のね……（彼はその辺を示す手振りをした。持っていた瓶からカーペットの上にビールが飛び散る)。隣人の話では、婆さんは最近、悪漢に襲われ、それで病院に運ばれたということだった。でも軽い骨折だけで済んだという話だった。僕は彼女の見舞いに行った。そりゃあ骨がくっつくのに時間はかかるだろうさ、もちろんね、でも命に別状はなかったんだ。一週間後、再び見舞いにいくと、彼女は死んでしまっていた。僕は病院に事情の説明を求めたが、断られた。病院はもう彼女を火葬してしまっていた。家族は誰も来なかったらしい。僕は確信しているが、彼女は絶対にキリスト教式の埋葬を望んだはずだ。直接、彼女から聞いたことはない。彼女は死にまつわることを絶対に口にしなかったからね。でも間違いない。彼女はそれを望んだはずなんだ」

彼は一口ビールを飲み、それから続けた。

「三日後、僕はパトリシアの訪問を受けた」

彼は意味深長な小休止を置いた。僕はテレビ画面に目を遣った。音は消してある。ラメ入りの黒のビキニを纏《まと》った女性歌手が映っている。まるでニシキヘビかアナコンダに巻きつかれているみたいだ。それから僕は再びビュヴェに視線を戻した。同情を寄せる顔をしてみせようとする。彼は再び口を開いた。

「彼女は告白を望んでいた。でもやり方が分からない、その手順を知らないと言う。

パトリシアは例の婆さんが運ばれた病院の看護師だった。彼女は医者が仲間内で話しているのをたまたま聞いてしまった。彼らは、骨折が治癒するまでの数ヶ月、老婆にベッドを占領されたくなかった。ベッドの無駄遣いだと彼らは言った。だから彼らは老婆に向精神薬カクテルを投与することにした。それは大量の精神安定剤を混ぜ合わせたもので、即座に安らかな死をもたらす。彼らがそれについて討論したのはたったの二分だった。それから部長がパトリシアのところにやってきて、老婆に注射を打つ指示をした。その夜、彼女はそれを実行した。安楽死を実行するのは彼女にとって初めてのことだった。でも同僚のあいだではよくあることらしい。老婆は眠ったまま、あっという間に死んだ、それからパトリシアは眠れなくなった。老婆の夢を見るのだそうだ」

「それで君はどうしたんだ？」

「大司教のところへ行った。みんなよく知ってたよ。どうやらその病院では安楽死を頻繁に実行しているらしい。それで苦情が出たことはないし、いずれにせよ今のところは出ていない。死亡認定手続きも滞ったことはないそうだ」

彼は黙り、残りのビールを飲み干し、また次の瓶を開けた。それから、思い切ったように話しはじめた。

「一ヶ月間、ほとんど毎晩、僕はパトリシアに会った。自分がどうなってしまったのかは分からない。神学校以来それまでは、ずっと誘惑を感じなかったんだから。彼女は本当に気立てがよく、本当に幼かった。彼女は宗教のことをなにも知らなかった。彼女はなんにでもものすごく興味を持った。彼女はどうして聖職者がセックスをしてはいけないのか理解できなかった。彼女は聖職者には性生活がないのか、聖職者はマスをかかないのかと不思議がった。僕は彼女の疑問にすべて答えた。気詰まりなんて感じなかった。僕はこの期間、たくさん祈った。福音書を繰り返し読んだ。悪いことをしているとかそんな感覚はまったくなかった。主キリストは僕を分かってくれる、僕の味方だと感じていた」

彼は再び黙った。テレビ画面には、今度はルノー・クリオのＣＭが流れていた。その車は本当に広々としているらしい。

「今週の月曜日、パトリシアは別に男ができたと言った。〈ル・メトロポリス〉ってディスコで知り合ったらしい。彼女は僕に、もう会えない、でも会えてよかったと言った。彼女はいろんな男と付き合いたいのさ。まだ二十歳だからね。結局、彼女はちょっと僕を気に入っていた、それだけのことさ。ただ坊主と寝るという考えにわくわくし、面白みを感じてただけ。でも彼女は誰にもなにも言わないだろう。そういう約束だから」

今度の沈黙はたっぷり二分間続いた。心理学者が僕の立場ならなんと言うだろうか、と考えた。おそらくなにも言わないだろう。結局、突拍子もないアイデアが浮かんだ。

「君は告白をするべきかもしれない」

「明日はミサがある。僕には執り行えそうにない。到底、無理だろう。もう存在を感じないんだ」

「なんの存在?」

それから、僕らはたいしたことは話さなかった。ときどき僕はこんな言葉を口にする。「まあ、そのくらいにしとけ……」彼は相変わらず、ほとんど同じペースでビールを飲み干している。僕が彼の役に立てないのは明らかだった。結局、僕はタクシーを呼んだ。

玄関を出る僕に、「またな……」と彼が言う。そんなことはないと僕は思う。僕らはもう会うことはない、僕ははっきり、そう感じる。

アパルトマンに戻ると、部屋が冷えきっている。そうだ、夕方、出かける前に、窓ガラスを叩き割ったのだった。しかし不思議なことに手に怪我はない。切り傷ひとつない。

　とにかく僕は横になり、そして眠る。悪夢は夜が更けてから訪れる。最初は悪夢と気づかない。どちらかといえば、よい夢でさえある。

　僕はシャルトルの大聖堂の上を飛んでいる。僕の目にはシャルトルの大聖堂が神秘的なものに映っている。それは秘密——究極の秘密を内包し、体現しているように見える。一方教会脇の庭には修道女が集まっている。彼女らは年寄りと死に瀕《ひん》した者を出迎えながら、もうすぐ僕が現れて秘密を明らかにしてくれるのだとおしえている。

　一方、僕は病院の廊下を歩いている。ある男に呼ばれたのだ。しかし彼は不在だ。僕はしばらくのあいだ冷却用倉庫で待つことになる。それから僕はまた別の廊下に抜け出る。彼はそこにもいない。あの男がいれば僕を病院から出してくれるだろうに。そして僕はある展覧会にいる。農務省のパトリック・ルロワが主催者だ。彼は写真誌から人物の顔写真を切り抜き、適当に選んだ絵（たとえば三畳紀の植物群を示す絵など）に貼り付けている。そしてやけに高値で小さな像を売っている。僕にひとつ買ってほしいと思っているようだ。いかにも満足げで、威嚇的ですらある。

　それから再び、僕はシャルトルの大聖堂の上空にいる。極度に寒い。完全に独りきりだ。この翼は実にしっくり調子がいい。

鐘楼に近づく。しかし僕はもうなにも判別できない。楼はとてつもなく大きく、黒く、不吉だ。それは黒い大理石でできている。光の撥《は》ね返りに目が眩《くら》む。大理石にはけばけばしい色の小像が嵌めこまれている。そこには有機的な生命の醜悪さがはっきりと表れている。

落ちる。僕は鐘楼のあいだに落ちる。顔が裂けていく。裂け目を示すようにあちこちから血が流れだす。鼻にはぽっかり大きな穴が開き、そこから体液がどろどろ流れでる。

そして今、僕はシャンパーニュの寂しい平原にいる。雪片と一緒に写真誌のページがちらちらと舞っている。インパクトのある太文字が印刷されている。一九〇〇年頃の雑誌だろう。

僕はリポーターか報道記者なのだろうか? どうもそうらしい。記事のスタイルには馴染《なじ》みがあった。記事はアナーキストやシュールレアリストに好まれた烈しく訴えかける口調で書かれている。

オクタヴィ・レオンセ（九十二歳）は自宅の納屋で殺されているのを発見された。現場はヴォージュ地方の小さな農園。被害者の妹レオンティーヌ・レオンセ（八十七歳）は死体を喜んで公開している。写真には凶器もそこにはっきりと写っている。

鋸《のこぎり》とハンドドリル。言うまでもなく、両方とも血で汚れている。

そして殺人は多発する。被害者は常に農場にひとりで暮らす老婆だ。若く、捜査の網にかからない犯人は、殺人のたび、犯行に利用した凶器、ある時は鏨《たがね》、ある時は植木鋏《ばさみ》、ある時はただの鋸を、目に付くところに残していく。

そしてそうしたすべては、魔術的で、大胆で、完全自由主義的だ。


目が覚める。寒い。再び夢の中へ。

血のついた凶器を目にするたびに、それぞれの被害者の痛みをまざまざと感じる。やがて僕は勃起する。ベッドのサイドテーブルの上に鋏がある。性器を切り落とすという生々しいアイデアが浮かぶ。鋏を手に取るところを想像する。一瞬の肉の抵抗、そして血に染まった肉片、おそらくは失神する。

カーペットの上の肉片。血糊《ちのり》。


十一時頃、目が覚める。うちには鋏が二本ある。寝室と居間に一本ずつ。まとめて本の下に置く。それは意志の力の問題なのだが、おそらくは足りない。欲求はしぶとく、大きくなり、変化する。僕の今度の計画は、鋏をつかみ、目に突き立てて、目を剜《く》り貫《ぬ》くことだ。より正確には、左目の、眼窩《がんか》、はっきり窪《くぼ》んでいると分かるところに鋏を突き立て、目を剜り貫く。

そしてそれから僕は鎮静剤を飲む。そしてすべては収まる。すべては丸く収まる。

5

ヴィーナスとマルス

この夜のことがあって、僕はネポット医師の提案を本気で考えた方がよいと思った。療養所に入る件だ。医師はそれはすごくいいことだと僕を激励した。彼は言う。回復に向かいはじめた証拠ですよ。自発性が戻ってきたことは、大変に好《よ》いことなんです。つまり自分から治ろうとしはじめていることですから。好いことです。とにかくとても好いことです。

それで僕は彼の紹介状を携えてルイユ＝マルメゾンの療養所を訪ねた。庭園があって、食事をみんなで一緒に取るようなところだ。実をいうと最初の頃、僕は固形の食物をまったく受け付けなかった。食べてもすぐに、げえげえ吐いてしまう。歯まで出ていってしまいそうだった。点滴に頼らざるをえなかった。

コロンビア出身のチーフドクターは頼りにならなかった。僕はノイローゼ患者ならではの揺るぎない真剣さで、自分がこれ以上生きられないという論拠を断固として並べたてる。そのうちの最も小さな理由によってでさえ、僕はすぐにも自殺しかねない。彼はじっと耳を傾けているようだった。とにかく彼はなにも言わなかった。ときどき欠伸《あくび》を押しころすくらいだった。数週間後にようやく真相が明らかになった。要するに、僕の話す声は小さい。彼にはかなりいい加減なフランス語力しかない。実のところ、彼は僕の話をひと言も理解していなかった。

彼より少し年上で、もう少し下の階級出身の、アシスタントの心理学者は、逆に適切な援助をくれた。なるほど彼女は不安についての学位論文を準備していた。だから当然、症例が必要だった。彼女はラジオラ社のテープレコーダーを使う。彼女は僕に、始めてもよいかと訊く。もちろん、と僕は答える。録音ボタンを押す時の彼女のあかぎれた手、嚙み跡のある爪を、僕はいいなと思う。とはいえ大学なんかで心理学を学んでいる女どもはやっぱり嫌いだ。僕に言わせれば、あんなのはあばずれの卵だ。ただ、目の前にいる少し年配の女性の、洗濯槽に浸かりきったような、くたびれた感じ、すっぽり被ったターバン帽の中の顔つきには、信頼に近いものを感じる。

しかしながら僕らの関係はすんなりとはいかない。彼女は僕の話があまりにも一般論的で、あまりにも社会学的だと非難する。彼女は言う。そんなことはどうでもいいの。それどころか、あなたはなるべく自分に向き合い、「自分を中心に据える」よう努力しなくてはいけないわ。

「どうだっていいんですよ、僕のことなんて……」僕は反論した。

「心理学者としては、その話を受け入れるわけにはいかないわね。私にはどうしてもそれを素晴らしいことだと言ってはあげられない。社会を論じることで、あなたは自分を守るバリアを張っている。そのバリアを壊すことこそが私の役割ですもの。そうしないと、あなた個人の問題に私たちは取り組めないでしょう」

こうした会話の擦れ違いが二ヶ月以上も続いた。結局のところ、彼女は僕を気に入っていたのだと思う。ある朝、こんなことがあった。すでに春先だった。僕らは、小鳥が芝生の上で跳びはねているのを、窓から眺めていた。彼女は爽快《そうかい》な気分で、くつろいでいるようだった。最初、薬の量について短いやりとりがあった。それから彼女は、ふっと湧いた疑問を、そのまま口にした。「詰まるところ、どうしてあなたはそんなに不幸なの?」そうした率直さは、まったくいつもにないものだった。そして僕自身もいつもとはなにか違っていた。僕は彼女に、前の晩、不眠を紛らわすために書いた小品を手渡した。

「あなたの口からあなたの話を聞きたいのだけど……」彼女は言った。

「とにかく読んでください」

結局のところ彼女は機嫌がよかったのだ。彼女は僕が手渡した紙切れを受け取り、次の文章を読んだ。

「何割かの人間はかなり早い時期に、ひとりで生きていくには自分が恐ろしく非力であると感じる。要するに彼らは自分の人生を正面から見つめることに耐えられない。つまり包み隠さず、隈《くま》なく全体を照らし見ることに耐えられない。もちろん、彼らのような存在は自然の法則から外れている。それは、この根本的不適応という亀裂《きれつ》が、遺伝子の合目的性の外で生じるからだけではない。亀裂を生じさせるその過剰な明晰さ、普通の生活の知覚の仕組みとはまったくかけ離れたその能力ゆえにだ。ただし、こうした耐え難い亀裂が、時に、彼らの目の前に他の人間を置いてやるだけで、もちろん、その他人が彼らと同じくらい純粋で透明であると仮定した場合において、到達しえないものへの飽くなき聡明《そうめい》な憧《あこが》れに変わる場合もある。たとえば、一枚の鏡は毎日ただ同じ絶望のイメージしか映しださないのに対し、向かい合わせに置いた鏡は、鮮明で濃密なネットワークをつくりあげる。それは完全に平行投影された際限のない、終わりのない、苦悩や世界の彼方《かなた》の軌道へ、人の目を誘《いざな》う」

僕は目を上げた。僕は彼女を見た。彼女は少し驚いたようだった。ついに彼女は言った。「おもしろいわ、鏡というのが……」彼女はそこにフロイトとか、ディズニー・パレードに見られるようなものを読み取ったのかもしれない。結局、彼女は彼女にできることをしているのだ。彼女は善良だった。彼女は大胆になって言った。

「でも私は、あなたの問題をあなたからダイレクトに聞きたいわ。何度も言うけど、あなたは抽象的すぎるの」

「そうかもしれません。でも僕は具体的に理解できないんです。どうしてみんなは生きていけるのか。僕の印象では、みんな不幸になってもおかしくない。つまり、僕らはひどく単純な世界に生きている。この世界にあるのは、支配力と金と恐怖をベースにしたシステム——これはどちらかといえば男性的なシステムで、仮にこれをマルスと呼びましょう。そして誘惑と性をベースにする女性的なシステムです。これをヴィーナスと呼びましょう。そしてそれだけです。これで生きていけるでしょうか？　ほかになにもないんですよ！　十九世紀末の写実主義者とともに、モーパッサンもまた、ほかになにもないと思った。だからこそ彼はすさまじい狂気に至ったんです」

「あなたはいろんなことを混同しているわ。モーパッサンの狂気は梅毒の進行の典型的段階にすぎない。正常な人間であれば、あなたが話した二つのシステムを受け入れるものだわ」

「違う。モーパッサンが狂ったのは、物質と無と死を痛感していたからだ――そして他に痛感できるものがなかったからだ。そうした点でモーパッサンは現代人によく似ていて、彼は彼個人と残りの世界を完全に区別していた。そういう形でしか、現在、我々は世界について考えられない。たとえば、マグナム四五の弾丸が、僕の顔をかすめ、僕の後方の壁を砕いたとする。この場合、僕は無傷だ。反対に、弾丸が僕の肉体を砕いた場合、僕の肉体的な痛みは想像を絶するものだろう。要するに、僕は顔に損傷を受ける。片目が砕けるかもしれない。この場合、僕は障害者になる。以後、僕は人にいやな思いを抱かせる存在になる。もっと一般的な譬えを挙げましょう。我々はみな老い、死ぬ定めにある。この老いと死という概念は、一個人には耐え難いものだ。至上であり、なんの制約もない我々の文明において、その概念は徐々に大きく育ち、意識の領域を占領していく。それは他のものを生かしてはおかない。こうして少しずつ世界の境界がはっきりしてくる。欲望はひとりでに消える。あとに残るのは苦渋、嫉妬、そして恐怖だけだ。とりわけ苦渋が大きい。巨大な、想像もつかないほどの苦渋だ。いかなる文明も、いかなる治世も、民のあいだに、これほどの苦渋を育てあげたためしはない。この点において、我々は前代未聞の時を生きている。現代人の精神状態を一語で言い表すとしたら、僕は間違いなく苦渋という語を選ぶでしょうね」

　彼女は最初、なにも言わなかった。数秒間、じっと考え、それから僕に質問した。

「最後に性関係を持ってから、どのくらい経つ？」

「二年と少し」

「ああ！」彼女はちょっと勝ち誇ったように声を上げた。「やっぱり！　そんな状態で、どうして人生が楽しめるかしら！」

「それなら僕とセックスしてくれますか？」

　彼女はうろたえた。少し赤くなりさえしたと思う。彼女は四十歳だった。痩せぎすで、かなりくたびれている。しかしこの朝の彼女は、僕には本当に魅力的だった。この時のことを思い出すと、とても甘い気持ちになる。彼女はほとんど無意識に笑顔を浮かべていた。僕は彼女がイエスと言うだろうと本気で思った。しかし結局、彼女は我に返った。

「それは私の役割じゃないわ。心理学者としての私の役割は、あなたを再び恋愛活動に取り組めるようにすることよ。再び若い女性と正常な関係を持てるようにね」

　以後、彼女は僕の担当を男性スタッフと入れ替わった。

　ほぼ同じ頃、僕は自分の哀れな患者仲間に興味を持ちはじめた。譫妄性の患者はほとんどいなかった。ほとんどが鬱か、不安にさいなまれる人々だった。これには意味があると思う。こうした精神状態に陥った人はすぐに、人目につくことをやめる。たいていの患者が安定剤を飲んで一日中ベッドから出てこない。ときどき廊下をうろうろし、続けざまに四、五本煙草を吸い、ベッドに戻る。しかし食事は一緒に摂る。当番の看護師が「どうぞ」と言う。それ以外の言葉はどこからも発せられない。各自が自分の食べものを咀嚼する。ときどき誰かが痙攣の発作を起こしたり、うめきはじめたりする。そうした者は部屋に戻る。それで終わりだ。次第に僕は考えるようになった。これらの人々（男性あるいは女性）はみんな少しも狂っていない。彼らは単に、愛が欠乏しているだけだ。彼らの行動、態度、手振りは、肉体の接触や愛撫への激しい渇きを露わにしている。しかし当然、それは叶《かな》わない。したがって彼らはうめき、悲鳴を上げる。彼らは自分の爪で自らを傷つける。僕の入院中に、ひとり、性器の切除に成功した者がいた。

数週間経ち、自分は端から決まっていた筋書を全うするためにここにいるのだと思うようになった――福音書の中でキリストが、預言者に告げられたことを果たしたように。同時に、所詮《しょせん》これは最初の入院にすぎず、今後、入院のたびに期間が長くなり、より閉鎖的で厳重な施設に移っていくという予感が強くなる。この見通しは心底僕を落ち込ませた。

たまに廊下で例の女性心理学者と会った。しかし中身のある会話は生じなかった。挨拶程度のやりとりだった。不安についての研究は順調よ、彼女は僕に言った。きっと六月の審査は通ると思うわ。

おそらくは今もどこかの博士論文の中で、その他の症例のあいだで、僕は曖昧な存在でありつづけていることだろう。一つの書類の要素になっているというこの感じが、僕の心を慰める。僕はその本を想像し、その装丁、その少し陰気なカバーを思い浮かべる。僕はゆっくりとページに押し潰される。僕は粉々に砕ける。

僕はとある五月二十六日に退院した。憶えているのは、その日の太陽と、暑さ、通りに溢れていた自由な雰囲気だ。すさまじく不愉快だった。

僕が受精されたのも、五月二十六日、昼下がりだった。交尾は居間の、パキスタン風の絨毯の上で行われた。父が母を背後から抱いた時、間の悪いことに母はふと思いついて、睾丸《こうがん》に手を伸ばしそれを撫《な》でた。それによって射精が起こった。母は快感を得たが、完全にイッたわけではなかった。間もなくして二人はコールドチキンを食べた。今から三十二年前のことだ。当時はまだ本物の鶏が口にできた。

退院後の生活について、これといった指示はなかった。週に一度、通院する程度だ。あとは自分の世話は自分でしなくてはいけない。

6

サン゠シルグ゠ザン゠モンターニュ

「なんとも矛盾したことに、踏破すべき道があり、踏破しなくてはならないが、往く者がいない。行為は全うされたが、行為者がいない」

（『念処経』四十二章十六）

同年六月二十日、僕は六時に目を覚まし、ラジオをつけた。より正確に言えば『ラジオ゠ノスタルジー』をつけた。マルセル・アモンの歌が流れていた。それは小麦色のメキシコ人のことを歌っていた。軽くて、のんきで、少し馬鹿。まさに僕に必要なものだ。僕はラジオを聴きながら顔を洗い、それから荷物をまとめた。僕は再びサン゠シルグ゠ザン゠モンターニュへ向かうことにした。というか再挑戦することにした。

出発する前に、家に残っている食物を食べきる。これはこれで大仕事だ。腹が空《す》いてないのだから。幸い、たいしてものは残っていない。ラスクが四枚とオイルサーディンの缶詰一つ。どうして片付ける必要があるだろう。それらが長持ちする食品であることは明らかだ。しかしもう随分前から、僕は自分の行為にはっきりとした意味を感じなくなっていた。つまり意味のある行為なんてもうほとんどなかった。ほとんどの場合、僕はとにかく「観察者の立場」にある。

列車のコンパートメントに入りながら、僕は自分が逸脱しつつあることを自覚する。それがなんだ。僕は腰を下ろす。ランゴーニュに着き、駅で自転車を借りる。予約は電話でしておいた。この点についてはしっかりと計画を立てておいた。こうして僕は自転車に乗り、すぐに計画の無謀さに気づく。自転車に乗るのは十年ぶり、サン＝シルグまでの距離は四十キロ、ルートはかなりの山道だ。そして今のこの感じでは平地を二キロ走るのがやっとだろう。僕は肉体的な努力に必要な能力、そもそも意欲からしてすっかり失くしている。

ルートは絶え間のない拷問になるだろう。抽象的な拷問と言ってもいい。この地方は完全に人里離れている。行けば行くほど、山は深まる。苦しい。僕は自分の体力を悲劇的なまでに買いかぶっていた。そして、もはやこの旅の最終目的がさほどよいものとは思えない。延々と続く坂道を景色も見ずに登るうち、目的はゆっくり風化していく。

容赦ない急坂の途中で、窒息したカナリアのように僕は喘《あえ》ぐ。「破砕に注意」という看板が目に入る。とはいえ趣旨がよく飲み込めない。誰が襲ってくるというのだろう？

少し経って合点がいく。実際、採石場なのだ。要するにただ岩が破壊されるだけの話だ。その方がいい。

道が平らになる。僕は顔を上げる。道の右脇に、塵《ちり》と砂利の中間でできた山がある。斜面は灰色で、完全な幾何学図形になっている。実に魅力的だ。きっと足を踏み入れれば、数メートルは沈みこむだろう。

ときどき路肩に自転車を停め、煙草を吸い、ほんの少し泣き、再び出発する。死にたいなあと思う。でも「踏破すべき道があり、踏破しなくてはならない」のだ。

完全にぼろぼろになってサン＝シルグに到着する。そしてホテル〈パルファン・デ・ボワ〉にチェックインする。少し休憩したあと、ビールを飲みにホテルのバーへ行く。この村の人々はオープンで感じがいい。彼らは僕に「こんにちは」と声をかける。

どうかそれ以上のことを、たとえば、旅行者ですかとか、自転車でどこから来たのですかとか、この地方はいかがですかなどと話しかけられませんようにと願う。幸い、そういうことは起こらない。

人生において僕に残された余白は、たいそう少なくなった。まだいくつもできることはあるが、どれも細かな点を除けば代わり映えがしない。

食事はなんの解決にもならない。これまでのあいだに三回、僕はテルシアン〔フェノチアジン系向精神薬〕を飲んだ。それなのに僕はレストランに座っている。スペシャルコースを注文した。まったくもって実にうまい。ワインもうまい。僕は食べながら泣く。小さなうめき声を上げる。

その後、僕はホテルの部屋で眠ろうとする。また眠れない。悲しいが脳の癖になっている。夜の流れは淀《よど》んで動きそうにない。意識がなかなか散らばっていかない。しきりと寝返りをうつ。

しかし午前四時頃、夜は別のものに変わる。なにかが僕の底でのたうつ。外に出してくれと訴える。この旅の性格までもが変わりはじめる。それは僕の精神の中でなにか決定的なもの、勇壮と言っていいものを獲得する。

六月二十一日七時頃、僕は起床する。朝食を取り、自転車でマザスの国有林に出発する。昨日の上等な食事が力をくれたのだろう。モミの林のあいだを僕はすいすい前進する。

素晴らしくいい天気だ。穏やかで、まさに春。マザスの森はとても美しい。それに安らぎに満ちている。本物の田舎の森だ。険しい小さな山道が続くかと思えば、ところどころに空き地がある。そこかしこに木漏れ日が落ちている。野原一面、黄水仙でいっぱいだ。人がくつろぎ、幸せを感じる場所だ。ここには人間がいない。ここではなにかが叶いそうだ。出発点に立っているような気がする。

そして突然、すべてが消える。内面に大きな衝撃が起こり、僕は自分の深部に連れ戻される。そして僕は自分の姿を目の当たりにし、皮肉なものを感じ、同時に誇らしくも思う。本当につくづく痛感する。心の中においてであれば、自分はこんなに壮大な表現ができるのだ！　世界についてのイメージだって、いまだにはっきりしている！　僕の中で死んでいくものの豊かさは、本当に驚異的だ。だから自分を恥じたりはしない。努力はしたと思う。

僕は陽のあたる野原に横になる。しかし僕は、このとても柔らかな野原で、このとても気持ちよい安らかな風景の中で、苦痛を感じる。なにかに融け込むこと、気持ちよいと思うこと、感覚器官の素朴な調和を引き出したかもしれないものはすべて、苦痛や不幸の源になった。同時に、悦びの予感も強烈に感じる。数年来、僕はひとりの亡霊とともに歩いてきた。そいつは僕にそっくりで、机上の楽園に住み、世界と密接に関わっている。僕は長いことそいつと行動を共にするのは自分の義務だと考えてきた。それももう終わりだ。

僕はもう少し森の奥へ進んでいく。地図によれば、この山の向こうにアルデッシュの水源がある。それはもうどうでもいい。とにかく僕は先へ進む。もうどこが水源かも分からない。今やどこもかしこも似通っている。景色はますます和やかで、気持ちのいい、陽気なものになる。そのせいで肌が痛い。僕は裂け目の中心にいる。自分の肌を境界のように感じる。そして外部の世界を壊滅的な圧力のように感じる。分離はすみずみまで行き届いたようだ。このさき、僕は自分という檻《おり》の囚人だ。崇高な融合なんて起こらない。生存の目的は達せられなかった。現在、午後二時。

訳者あとがき

『闘争領域の拡大』*Extension du domaine de la lutte* はウエルベックの処女小説である。初版の刊行は一九九四年。本書は、それまで詩、評論で一部の文学マニアにのみ知られていた作家を、より一般の読者に知らしめるきっかけとなった。

そして、一九九八年、二作目の長篇小説『素粒子』*Les particules élémentaires* が刊行と同時に大きな反響を呼び、ウエルベックは広く海外でも紹介される作家になる。この作品は二〇〇二年にダブリン文学賞を受賞している。

以後、小説としては、二〇〇〇年に写真集と中篇小説を合わせた異色作品『ランサローテ島』*Lanzarote*、二〇〇一年に長篇小説『プラットフォーム』*Plateforme* を発表している。

また詩作、評論の活動も並行して続けている。映画づくりにも意欲的で、本作品の映画版（一九九九年フランスで公開）では、監督フィリップ・アレルとともに脚本脚色に取り組んでいる。

ウエルベック自身の言葉によれば、彼の作品はすべて「解明の試み」だ。そして解明の対象は、自らを取り巻く世界である。

なるほどウエルベック作品の語《かた》り部《べ》（＝主人公）は、いつも観察している。隠されたルールを見出《みいだ》そうとしている。そして彼が結局そこで見出してしまうものは、他人の痛みや苦しみ、それを生み出す世界、そして出口のない不幸のシステムだ。

しかしその解明がいかにクリアーであろうと、その観察が外から行われるだけのものならば、読者はただ他人の痛みや苦しみがごろごろと転がる荒野に取り残され、途方に暮れるだけだろう。

ウエルベックの語り部にとって苦しみは他人事ではない。彼は世界に属しており、苦しみを免除されていない。彼もまた苦しみの当事者である。

しかしここでなおも注目すべき点は、語り部の、ひいては作者の「同情」の能力だ。ウエルベックの語り部は誰かの苦しみを感知し、憐憫《れんびん》を覚える。同情する。読者の心が最も動揺するのは、この瞬間だろう。

同情というのは、他人の苦しみを自分のものとして共感することだ。これが語り部と他人の苦しみを連結する。そしてこの連結は、語り部を介して読者にも起こる。本の中に描かれた他人の苦しみが、いきなり、自らのものになる。ここで涙をいっぱいにため、死んでしまいたいほどの惨《みじ》めさと恥辱を味わっているのは、他人じゃない、自分だ、これは私の苦しみだ——と読者は感じる。

この「同情」こそ、ウエルベック作品の大きな要素である。


こうして処女作にじっくり触れる機会を経て、あらためて最近作『プラットフォーム』を顧みると、作者の「老い」に対する同情のボルテージがより高まっているのを感じる。ドイツ人、マッチョな元数学者、元キューバ革命の志士……ときに「老い」は将来有望であるはずの若くハンサムなエリートにさえ見出される。『闘争領域の拡大』ではまだ予感だった「老い」が、『プラットフォーム』では完全に姿を現している。作者が歳を取ったからだろうか。とすると次回作はどうなるのだろうか。

新作『ある島の可能性』*La possibilité d'une île*は二〇〇五年、ファイヤール社から出版の予定だ。すでに映画化の話も決まっている。それとは別にショーペンハウアー論を準備中という話もある。そちらも非常に楽しみだ。

なお、本書の翻訳にあたり、友人鈴木忠行、岡宏両氏に誤訳チェックにご協力いただいた。またお二方には、システム用語、その用法についてまでも、多くのアドバイスをいただいた。ここに記して深く感謝したい。

二〇〇四年九月

中村佳子

文庫版訳者あとがき

一九九四年、フランスで、「闘争 lutte」「領域 domaine」「拡大 Extension」という三つの硬質な単語の連結からなる奇妙なタイトルの小説が、モーリス・ナドー社から刊行されました。

体裁は、ソフトウェア・サービス会社に勤務する、齢《よわい》三十の中堅サラリーマン「僕」が、同僚ティスランと男ふたり、会社の出張でフランス各地に赴くという旅物語ですが、そこにはいかなるロマンスも、いかなる達成もありません。物語の中心に据えられるのは主人公によって観察、考察される醜男ティスランの恋愛面における痛々しい奮闘のありさまです。自由主義に歯止めがかからなければ、金銭面のみならず恋愛面にまで闘争領域は拡大する。それは九〇年代フランスで、欧米社会で、現実に起こっている現象でしたが、それが小説のテーマになりうる、いやそれこそが今、書くに値するテーマであると発見したのが、この『闘争領域の拡大』という小説の作者ミシェル・ウエルベックだったのです。


小説の序盤、いよいよ「僕」の話が始まろうとするところで、作家は読者に向かって、自分がなぜ小説を書くのか、現代において小説というジャンルはまだ有効か、有効ならばどういうアプローチが可能か、きわめて仰々しく所信表明を行います。

「さまざまな感情を細やかに描写したり、キャラクターを描き出したりする才能を売り物にしている作家もいる。僕をそのひとりに数える人間はいないだろう。そうした現実味のあるディテールの積み重ねは、さまざまな作中人物を描き分けることと看做されているが、僕にはそれがいつも、こう言ってはなんだが、まったくくだらないことに思える」

「僕の狙いは、より哲学的なところにある。その狙いを達成するためには、逆に無駄をそぎ落とさなくてはならない。簡素にしなくてはならない。たくさんのディテールを一つひとつ破壊していかなくてはならない」

小説家がこうした所信表明を行うことは特に珍しいことではありません。モーパッサンは『ピエールとジャン』の序文で、バルザックは『ゴリオ爺さん』の冒頭で自分の方法論を語っています。つねに同時代を活写しようとする「現代作家」の意気込みが、それこそ時代が変わっても古びないことは先人によって証明されています。

とはいえウエルベックの作家としての姿勢がこの所信表明から現在に至るまでいっさいぶれていないことは、やはり特筆に値しますし、これに続くくだりには同時代の読者として特別な味わい、まさしくリアリティを感じます。

「一方で歴史の単純な展開が、僕をバックアップしてくれるだろう。目下、世界が画一に向かっている。通信手段が進化している。住居の中が新しい設備で豊かになっている。徐々に、人間関係がかなわぬものになっている。そのせいで人生を構成する瑣末な出来事がますます減少している」

読者にとって、それが現代小説か否かというのは、それがいつ書かれたものかによるのではなく、現実に今、自分が生きている社会全体が、その小説の内にそっくり映り込んでいる、と信じられるか否かでしょう。たとえ直接言及が行われることがなくても、一見、現実とはかけ離れた世界が舞台になっていても、この世界で頻発しているテロ、紛争、難民、ヘイトクライム、移民問題、貧困、虐待、個人の内面の危機、病、過労死、孤独死、あるいは作者の知りようのないわたくしのきわめて個人的な過去までもが、たしかにそこに含まれている、そう読者が信じられる小説が、現代小説なのだろうと思います。

このたび河出書房新社から本書が刊行されることで、ひとまずウエルベックの長編小説すべてが文庫で読める環境が整います。これを機会に『闘争領域の拡大』から『服従』まで、書かれた順にウエルベックの小説を読み返してみるのもいいかもしれません。

また、文庫本のよいところは、棚に隣り合う同時代の作家を気軽に読み比べられることでもあります。どうぞ先入観にとらわれず、自分ならではの新しい読み合わせを試し、味のあるマッチングを見つけてみてください。

二〇一七年十二月

中村佳子

本書は、二〇〇四年十一月に角川書店より刊行された単行本『闘争領域の拡大』を、加筆修正のうえ文庫化したものです。

闘争領域《とうそうりょういき》の拡大《かくだい》

二〇一八年 二 月二〇日 初版発行
二〇二五年 四 月三〇日 9刷発行

著　者 ミシェル・ウエルベック
訳　者 中村佳子《なかむらよしこ》
発行者 小野寺優
発行所 株式会社河出書房新社
〒一六二－八五四四
東京都新宿区東五軒町二－一三
電話〇三－三四〇四－八六一一（編集）
〇三－三四〇四－一二〇一（営業）
https://www.kawade.co.jp/

ロゴ・表紙デザイン 粟津潔
本文フォーマット 佐々木暁
印刷・製本 大日本印刷株式会社

Printed in Japan ISBN978-4-309-46462-6

プラットフォーム

ミシェル・ウエルベック　中村佳子〔訳〕　46414-5

「なぜ人生に熱くなれないのだろう？」――圧倒的な虚無を抱えた「僕」は父の死をきっかけに参加したツアー旅行でヴァレリーに出会う。高度資本主義下の愛と絶望をスキャンダラスに描く名作が遂に文庫化。

ある島の可能性

ミシェル・ウエルベック　中村佳子〔訳〕　46417-6

辛口コメディアンのダニエルはカルト教団に遺伝子を託す。2000年後ユーモアや性愛の失われた世界で生き続けるネオ・ヒューマンたち。現代と未来が交互に語られるSF的長篇。

服従

ミシェル・ウエルベック　大塚桃〔訳〕　46440-4

二〇二二年フランス大統領選で同時多発テロ発生。極右国民戦線のマリーヌ・ルペンと、穏健イスラーム政党党首が決選投票に挑む。世界の激動を予言したベストセラー。

青い脂

ウラジーミル・ソローキン　望月哲男／松下隆志〔訳〕　46424-4

七体の文学クローンが生みだす謎の物質「青脂」。母なる大地と交合するカルト教団が一九五四年のモスクワにこれを送りこみ、スターリン、ヒトラー、フルシチョフらの大争奪戦が始まる。

マンハッタン少年日記

ジム・キャロル　梅沢葉子〔訳〕　46279-0

伝説の詩人でロックンローラーのジム・キャロルが十三歳から書き始めた日記をまとめた作品。一九六〇年代ＮＹで一人の少年が出会った様々な体験をみずみずしい筆致で綴り、ケルアックやバロウズにも衝撃を与えた。

オン・ザ・ロード

ジャック・ケルアック　青山南〔訳〕　46334-6

安住に否を突きつけ、自由を夢見て、終わらない旅に向かう若者たち。ビート・ジェネレーションの誕生を告げ、その後のあらゆる文化に決定的な影響を与えつづけた不滅の青春の書が半世紀ぶりの新訳で甦る。

孤独な旅人

ジャック・ケルアック　中上哲夫〔訳〕　46248-6

『路上』によって一躍ベストセラー作家となったケルアックが、サンフランシスコ、メキシコ、ＮＹ、カナダ国境、モロッコ、南仏、パリ、ロンドンに至る体験を、詩的で瞑想的な文体で生き生きと描いた魅惑的な一冊。

コン・ティキ号探検記

トール・ヘイエルダール　水口志計夫〔訳〕　46385-8

古代ペルーの筏を複製して五人の仲間と太平洋を横断し、人類学上の仮説を自ら立証した大冒険記。奇抜な着想と貴重な体験、ユーモラスな筆致で世界的な大ベストセラーとなった名著。

馬のような名字　チェーホフ傑作選

チェーホフ　浦雅春〔訳〕　46330-8

名作『かわいいひと』『いいなずけ』のほか、激しい歯痛に苦しむ元将軍が〈馬のような名字〉に悩まされる表題作や、スラプスティックな喜劇『創立記念日』など、多彩な魅力を詰めこんだ傑作十八篇。

眠りなき狙撃者

ジャン＝パトリック・マンシェット　中条省平〔訳〕　46402-2

引退を決意した殺し屋に襲いかかる組織の罠、そしてかつての敵——「一行たりとも読み飛ばせない」ほどのストイックなまでに簡潔な文体による、静かなる感情の崩壊速度。マンシェットの最高傑作。

幻獣辞典

ホルヘ・ルイス・ボルヘス　柳瀬尚紀〔訳〕　46408-4

セイレーン、八岐大蛇、一角獣、古今東西の竜といった想像上の生き物や、カフカ、Ｃ・Ｓ・ルイス、スウェーデンボリーらの著作に登場する不思議な存在をめぐる博覧強記のエッセイ一二〇篇。

トーニオ・クレーガー　他一篇

トーマス・マン　平野卿子〔訳〕　46349-0

ぼくは人生を愛している。これはいわば告白だ——孤独で瞑想的な少年トーニオは成長し芸術家として名を成す……巨匠マンの自画像にして不滅の青春小説、清新な新訳版。併録「マーリオと魔術師」。

O・ヘンリー・ミステリー傑作選

O・ヘンリー　小鷹信光〔編訳〕　46012-3

短篇小説、ショート・ショートの名手O・ヘンリーがミステリーの全ジャンルに挑戦！　彼の全作品から犯罪をテーマにした作品を選んだユニークで愉快なアンソロジー。本邦初訳が中心の二十八篇。

猫のパジャマ

レイ・ブラッドベリ　中村融〔訳〕　46393-3

猫を拾った男女をめぐる極上のラブストーリー「猫のパジャマ」、初期の名作「さなぎ」他、珠玉のスケッチ、ＳＦ、奇譚など、ブラッドベリのすべてが詰まった短篇集。絶筆となったエッセイを特別収録。

不思議の国のアリス

ルイス・キャロル　高橋康也／高橋迪〔訳〕　46055-0

退屈していたアリスが妙な白ウサギを追いかけてウサギ穴にとびこむと、そこは不思議の国。「不思議の国のアリス」の面白さをじっくりと味わえる高橋訳の決定版。詳細な注と図版を多数付す。

ハローサマー、グッドバイ

マイクル・コーニイ　山岸真〔訳〕　46308-7

戦争の影が次第に深まるなか、港町の少女ブラウンアイズと再会を果たす。ぼくはこの少女を一生忘れない。惑星をゆるがす時が来ようとも……少年のひと夏を描いた、ＳＦ恋愛小説の最高峰。待望の完全新訳版。

拳闘士の休息

トム・ジョーンズ　岸本佐知子〔訳〕　46327-8

心身を病みながらも疾走する主人公たち。冷酷かつ凶悪な手負いの獣たちが、垣間みる光とは。村上春樹のエッセイにも取り上げられた、O・ヘンリー賞受賞作家の衝撃のデビュー短篇集、待望の復刊。

海を失った男

シオドア・スタージョン　若島正〔編〕　46302-5

めくるめく発想と異様な感動に満ちたスタージョン傑作選。圧倒的名作の表題作、少女の手に魅入られた青年の異形の愛を描いた「ビアンカの手」他、全八篇。スタージョン再評価の先鞭をつけた記念碑的名著。